# 青鬼《あおおに》

## 迷《まよ》いの森《もり》とヒグラシのなく声《こえ》

noprops《ノプロプス》／原作
黒田研二《くろだけんじ》／著
鈴羅木《すずらぎ》かりん／イラスト

PHP
ジュニアノベル

卓《たく》郎《ろう》
東部《とうぶ》小学校《しょうがっこう》の五年生《ごねんせい》。頭《あたま》の回転《かいてん》が早《はや》く、決断力《けつだんりょく》と行動力《こうどうりょく》がある。頼《たよ》れる存在《そんざい》。
ひろし
北部《ほくぶ》小学校《しょうがっこう》の五年生《ごねんせい》。小学生《しょうがくせい》とは思《おも》えない、洞察力《どうさつりょく》と知識《ちしき》がある。なぞ解《と》きが得意《とくい》。
たけし
南部《なんぶ》小学校《しょうがっこう》の五年生《ごねんせい》。お調子《ちょうし》者《もの》で臆病《おくびょう》。でも、誰《だれ》よりも友達《ともだち》思《おも》いのイイヤツ。
タケル
ビション・フリーゼという種類《しゅるい》の犬《いぬ》。大切《たいせつ》な人《ひと》たちを助《たす》けるために、怪物《かいぶつ》と勇敢《ゆうかん》にたたかった。人間《にんげん》の言葉《ことば》をすべて理解《りかい》しているという事実《じじつ》を知《し》ったひろしの提案《ていあん》で、モールス信号《しんごう》を応用《おうよう》し、言葉《ことば》を伝《つた》えられるようになった。
美《み》香《か》
東部《とうぶ》小学校《しょうがっこう》の五年生《ごねんせい》。幼《おさな》なじみの卓郎《たくろう》と、いつも一緒《いっしょ》にいる。運動神経《うんどうしんけい》バツグン。

# 怪物《ブルーデーモン》

ブルーベリー色《いろ》の巨人《きょじん》。人間《にんげん》を見《み》るとおそいかかってくる。ひろしたちはこの夏《なつ》、「ジェイルハウス」などあらゆる場所《ばしょ》でこの怪物《かいぶつ》に遭遇《そうぐう》したが、犬《いぬ》が苦手《にがて》であることや、頭《あたま》が重《おも》く泳《およ》ぐことができないなどの弱点《じゃくてん》を突《つ》くかたちで、なんとか魔《ま》の手《て》を逃《のが》れてきた。宇宙《うちゅう》から飛来《ひらい》した物質《ぶっしつ》・ブルースターの中《なか》に入《はい》っていた虫《むし》「パラサイトバグ」が体内《たいない》に入《はい》ることが原因《げんいん》で、人間《にんげん》が怪物《かいぶつ》に変異《へんい》する可能性《かのうせい》があることがわかってきた。

## メサイア

「この世界《せかい》をブルーデーモンでうめつくすこと」を目的《もくてき》に、ブルースターおよびパラサイトバグを部下《ぶか》に集《あつ》めさせている。サーカスの「リリー」と「ジョー」もメサイアの部下《ぶか》だったことが判明《はんめい》している。

## ナオ

北部《ほくぶ》小学校《しょうがっこう》の五年生《ごねんせい》。ひろしのクラスメイトで、クロさんとは伯父《おじ》・姪《めい》の関係《かんけい》。

## ハルナ先生《せんせい》

ひろし達《たち》が通《かよ》う北部《ほくぶ》小学校《しょうがっこう》の教師《きょうし》。生徒《せいと》たちが多数《たすう》失踪《しっそう》し、閉鎖《へいさ》されることになった碧《へき》奥《お》小学校《しょうがっこう》の元《もと》・生徒《せいと》でもある。クロさんの悪事《あくじ》を知《し》り、ひろしたちに協力《きょうりょく》してくれる。行《い》き場《ば》を失《うしな》っていた親友《しんゆう》のユズキを迎《むか》え入《い》れ、家《いえ》で一緒《いっしょ》に暮《く》らしている。

## クロさん

メサイアの元《もと》で「カマロ」という名前《なまえ》で仕《つか》え、ブルースターを集《あつ》めていた。ジェイルハウスでのひろしとの会話《かいわ》がきっかけで、メサイアに協力《きょうりょく》することをやめ、今《いま》は独自《どくじ》に行動《こうどう》しているようだ。

## ユズキ

ハルナ先生《せんせい》の同級生《どうきゅうせい》として碧《へき》奥《お》小《しょう》学校《がっこう》に通《かよ》っていたが、パラサイトバグを誤《あやま》って口《くち》にしてしまい、ブルーデーモンになった。現在《げんざい》は力《ちから》をコントロールできるようになり、人間《にんげん》だった頃《ころ》の姿《すがた》にも変身《へんしん》できる。

## イズミさん

いまは美香《みか》の家《いえ》で飼《か》われているシーズー犬《けん》・マロンを販売《はんばい》していたペットショップの店員《てんいん》。自《じ》称《しょう》・情報通《じょうほうつう》で、いろいろなうわさ話《ばなし》を知《し》っているようだが、あやしい行動《こうどう》が多《おお》いためタケルは警戒《けいかい》している。

# 目次《もくじ》

# あらすじ

顔見知《かおみし》りのペットショップ店員《てんいん》・イズミさんに誘《さそ》われて、〈うらみスノーリゾート〉にやってきたひろし君《くん》、卓郎《たくろう》君《くん》、美香《みか》ちゃんと飼《か》い犬《いぬ》のマロンちゃん、たけし君《くん》、ナオちゃん、そしてぼく——タケル。スキーやスノーボードといったウィンタースポーツや犬《いぬ》ゾリ体験《たいけん》、雪遊《ゆきあそ》びを思《おも》い思《おも》いに楽《たの》しむなかで、ぐうぜん、有名《ゆうめい》な動画配信者《どうがはいしんしゃ》に出会《であ》ったんだ。彼《かれ》らは、スキー場《じょう》ととなり合《あ》うスギ林《ばやし》の「不気味《ぶきみ》なうわさ」を調《しら》べに来《き》たみたいなんだけど、とんでもない事件《じけん》が起《お》きて……!?

# 1 全人類《ぜんじんるい》ブルーデーモン化計画《かけいかく》

ジェイルハウスを取《と》り囲《かこ》む高《たか》い壁《かべ》の前《まえ》で立《た》ち止《ど》まると、ジョーは念入《ねんい》りにあたりを見回《みまわ》した。路地《ろじ》に人《ひと》かげはない。

隣接《りんせつ》する化学工場《かがくこうじょう》が閉鎖《へいさ》して以降《いこう》、人通《ひとどお》りは少《すこ》しずつ減《へ》っていたが、ジェイルハウスにブルーベリー色《いろ》の化《ば》け物《もの》がすみついているといううわさが広《ひろ》まってからは、一部《いちぶ》の物好《ものず》きを除《のぞ》いて、この一帯《いったい》に近《ちか》づく者《もの》はほとんどいなくなってしまった。

好奇心旺盛《こうきしんおうせい》な連中《れんちゅう》の侵入《しんにゅう》を防《ふせ》ぐため、館《やかた》の所有者《しょゆうしゃ》は壁《かべ》の上《うえ》に有刺鉄線《ゆうしてっせん》を張《は》りめぐらし、入《い》り口《ぐち》の鉄門《てつもん》にはがんじょうなくさりを巻《ま》いた。

だが、そんなものは超人的《ちょうじんてき》な肉体《にくたい》を持《も》つブルーデーモンにとってなんの障害《しょうがい》にもならない。

ジョーはあたりにだれもいないことをもう一度確認《いちどかくにん》すると、軽《かる》く両《りょう》ひざを曲《ま》げて宙《ちゅう》にとび上《あ》がった。そのまま高《たか》さ三《さん》メートル以上《いじょう》の外壁《がいへき》をゆうゆうと乗《の》りこえる。

ジェイルハウス内《ない》の広大《こうだい》な庭《にわ》は雑草《ざっそう》が生《お》いしげり、ジャングルのような様相《ようそう》になっていた。冬《ふゆ》になれば自然《しぜん》にかれるかと思《おも》っていたが、そんなことはまったくなく、むしろますます元気《げんき》になっているようにさえ思《おも》える。

もしかしたら、メサイアの気《き》を浴《あ》びて活力《かつりょく》を得《え》ているのだろうか？

ジョーはそんなことを考《かんが》えた。決《けっ》してとっぴな発想《はっそう》ではないだろう。彼自身《かれじしん》、どれだけつかれていても、メサイアの言葉《ことば》を耳《みみ》にすれば、それだけで元気《げんき》になることができた。

メサイアは想像《そうぞう》を絶《ぜっ》するスピリチュアルな力《ちから》を持《も》っている。永遠《えいえん》の生命《せいめい》と強靭《きょうじん》な肉体《にくたい》を手《て》に入《い》れることができたのも、すべて彼《かれ》のおかげだ。

メサイアと出会《であ》っていなければ、今《いま》のジョーは存在《そんざい》しなかった。とっくの昔《むかし》に野垂《のた》れ死《じ》んでいたにちがいない。

――私《わたし》と共《とも》に、このくさりきった世界《せかい》を変《か》えていこうではないか。

メサイアを信《しん》じ続《つづ》ければ、いつかきっとかがやかしい未来《みらい》が訪《おとず》れる。

ジョーはそう信《しん》じて疑《うたが》わなかった。

自分《じぶん》の身長《しんちょう》をはるかにこえた雑草《ざっそう》をかき分《わ》け、玄関前《げんかんまえ》まで移動《いどう》する。

玄関口《げんかんぐち》には二台《にだい》の監視《かんし》カメラが備《そな》えつけられていた。この館《やかた》の所有者《しょゆうしゃ》が最近設置《さいきんせっち》したものだ。たびたびおかしな事件《じけん》が起《お》こるので、警察《けいさつ》のすすめもあって取《と》りつけたらしいが、こんなものは外壁《がいへき》の有刺鉄線《ゆうしてっせん》と同様《どうよう》、なんの意味《いみ》もなさない。警備会社《けいびがいしゃ》にばれぬよう撮影《さつえい》データをリアルタイムで書《か》きかえることなど、メサイアの力《ちから》を使《つか》えばかんたんだった。

入《い》り口《ぐち》のとびらは絶対《ぜったい》に破《やぶ》られないという電子《でんし》キーでロックされていたが、これもメサイアの手《て》にかかればなんてことはない。ジョーが取《と》っ手《て》を引《ひ》っ張《ぱ》ると、ドアはあっけなく開《ひら》いた。

ジェイルハウスの中《なか》はキレイにかたづいていた。掃除《そうじ》も行《い》き届《とど》いていて、ほこりひとつ落《お》ちていない。

くつをはいたまま、館内《かんない》に上《あ》がりこむ。くつの裏《うら》に付《つ》いていた庭《にわ》の土《つち》が廊下《ろうか》にこぼれ落《お》ちた。廊下沿《ろうかぞ》いにならぶドアのすき間《ま》からアメーバ状《じょう》のブルーデーモンが姿《すがた》を現《あらわ》し、こぼれた土《つち》の上《うえ》におおいかぶさる。ぞうきんがけでもしたみたいに、アメーバの進《すす》んだあとは土《つち》がなくなりキレイになっていた。

「いつもすまないな」

ジョーはアメーバに小《ちい》さく頭《あたま》を下《さ》げると、廊下《ろうか》を左《ひだり》に折《お》れ曲《ま》がり、先《さき》へと進《すす》んだ。

真《ま》っ白《しろ》なドアに設置《せっち》された電子《でんし》パネルに四《よん》けたの数字《すうじ》を入力《にゅうりょく》して、地下《ちか》へと続《つづ》く階段《かいだん》を下《お》りる。そのまま、冷《つめ》たい空気《くうき》がただようトンネルをまっすぐ進《すす》んだ。

メサイアが待《ま》つ〈大極殿《だいごくでん》〉はこの先《さき》にある。

〈大極殿《だいごくでん》〉はメサイアに選《えら》ばれた者《もの》しか立《た》ち入《い》ることのできない神聖《しんせい》な場所《ばしょ》だ。メサイアがトンネル内《ない》の空間《くうかん》をゆがめているため、この屋敷《やしき》に忍《しの》びこんだ人間《にんげん》たちが〈大極殿《だいごくでん》〉を目指《めざ》したとしても絶対《ぜったい》に到着《とうちゃく》することはできない。

うす暗《ぐら》いトンネルをくぐり抜《ぬ》け、ロマネスク風《ふう》の古《ふる》めかしい洋室内《ようしつない》を通過《つうか》する。〈大極殿《だいごくでん》〉はその先《さき》にあった。

鼓動《こどう》が高鳴《たかな》る。ジョーは左胸《ひだりむね》をおさえ、呼吸《こきゅう》を整《ととの》えた。ここへやってくると緊張《きんちょう》が止《と》まらなくなる。それはいつものことだ。

大理石《だいりせき》でできた廊下《ろうか》を進《すす》み、突《つ》き当《あ》たりにあるゴシック調《ちょう》のとびらを見上《みあ》げる。ジョーは深呼《しんこ》吸《きゅう》のあと、とびらに取《と》りつけられた鉄《てつ》の金具《かなぐ》を右手《みぎて》に持《も》ち、四回《よんかい》ノックをくり返《かえ》した。

「入《はい》れ」

低《ひく》くくぐもった声《こえ》がとびらの向《む》こう側《がわ》から聞《き》こえてくる。同時《どうじ》に、とびらが自動的《じどうてき》に開《ひら》いた。

ジョーは胸《むね》をおさえたまま、〈大極殿《だいごくでん》〉の中《なか》へと歩《ほ》を進《すす》める。

礼拝堂《れいはいどう》を彷彿《ほうふつ》とさせる室内《しつない》。等間隔《とうかんかく》で設置《せっち》された長《なが》イスの向《む》こう側《がわ》に祭壇《さいだん》が見《み》えた。祭壇《さいだん》の前《まえ》に座《すわ》っているのは、青《あお》いハンチング帽《ぼう》を目深《まぶか》にかぶったメサイアだ。いつもと同《おな》じように黒《くろ》いトレンチコートのえりを立《た》てているため、表情《ひょうじょう》まではよくわからない。ハンチング帽《ぼう》とトレンチコートのすき間《ま》からするどい眼光《がんこう》が見《み》えかくれするだけだ。

ジョーが入《はい》ってきたとびらのすぐ横《よこ》にはリリーが立《た》っていた。緊張《きんちょう》した面持《おもも》ちでメサイアを見《み》つめている。ジョーも姿勢《しせい》を正《ただ》し、メサイアと向《む》き合《あ》った。この部屋《へや》はひんやりして寒《さむ》いくらいなのに、こめかみのあたりを冷《ひ》やあせがゆっくりと伝《つた》っていく。

「……おいおい。そんなにしゃっちょこばるな」

ほおづえをついたまま、メサイアがのどを鳴《な》らして笑《わら》う。「しゃっちょこばるな」は彼《かれ》の口《くち》ぐせだ。「緊張《きんちょう》するな」という意味《いみ》らしい。

「……おまえたちはいつもそうだな。私《わたし》のことがそんなにもこわいか？」

「いえ、決《けっ》してそのようなことは」

即座《そくざ》に答《こた》えたのはリリーだった。いつもの強気《つよき》な態度《たいど》はすっかりかげをひそめ、ただただかしこまっているのがわかる。それはジョーも同《おな》じだった。

メサイアはいつまでもかたをゆらして笑《わら》い続《つづ》けた。少《すこ》しだけほっとする。どうやら、今日《きょう》の彼《かれ》はずいぶんと機嫌《きげん》がいいらしい。

「まあ、いい。本題《ほんだい》に入《はい》ろう」

そういって、メサイアはコートの内側《うちがわ》に右手《みぎて》を差《さ》しこんだ。

「時《とき》は満《み》ちた。今週末《こんしゅうまつ》、〈全人類《ぜんじんるい》ブルーデーモン化計画《かけいかく》〉を実行《じっこう》に移《うつ》す」

その言葉《ことば》にジョーは息《いき》をのんだ。右《みぎ》どなりからは言葉《ことば》にならない声《こえ》のようなものがもれる。リリーもおどろいているのだろう。

そのときがいつかやってくることはわかっていた。その日《ひ》を待《ま》ち望《のぞ》んでいたのも事実《じじつ》だ。でも

まさか、こんなにも早《はや》く訪《おとず》れるなんて。

「これから計画《けいかく》の詳細《しょうさい》をおまえたちに伝《つた》える」

メサイアはコートの中《なか》からていねいに折《お》りたたまれた用紙《ようし》を取《と》り出《だ》し、ひざの上《うえ》に広《ひろ》げた。手《て》書《が》きの地図《ちず》だ。中心《ちゅうしん》にえがかれているのはジェイルハウスだった。

「どうした？　もっと近《ちか》くへ来《こ》い」

とびらの近《ちか》くで棒立《ぼうだ》ちになったままのふたりに、メサイアが手招《てまね》きする。ジョーとリリーはおたがいに顔《かお》を見合《みあ》わせながら「先《さき》に行《い》け」とうながし合《あ》った。

メサイアのそばに近《ちか》づけるなんてまたとないチャンスだが、あまりにもおそれ多《おお》くて、正気《しょうき》を保《たも》っていられる自信《じしん》がない。

「早《はや》くしろ。待《ま》たされるのはキライだ」

メサイアの口調《くちょう》がわずかに変化《へんか》した。機嫌《きげん》をそこねるわけにはいかない。ふたりはほぼ同時《どうじ》に背《せ》すじをのばすと、今度《こんど》はおたがいをおしのけるようにメサイアの前《まえ》へと歩《あゆ》み出《で》た。

バラとコーヒー豆《まめ》が入《い》り混《ま》じったような、刺激的《しげきてき》な香《かお》りがただよってくる。祭壇《さいだん》でたかれている香《こう》のにおいだろうか？　頭《あたま》の先《さき》がジンとしびれるような不思議《ふしぎ》な感覚《かんかく》に、ジョーは軽《かる》いめまいを覚《おぼ》えた。

「まずはここから始《はじ》めることにしよう」

メサイアが地図《ちず》の一点《いってん》を指《さ》し示《しめ》す。

「〈占見山《うらみやま》〉……」

メサイアの指差《ゆびさ》した場所《ばしょ》の名《な》をリリーが読《よ》みあげた。

〈占見山《うらみやま》〉は碧奥市《へきおし》のとなり——占見市《うらみし》の最北端《さいほくたん》にそびえる標高千五百《ひょうこうせんごひゃく》メートルの山《やま》だ。中腹《ちゅうふく》から山頂《さんちょう》にかけては、この地域唯一《ちいきゆいいつ》のスキー場《じょう》——〈うらみスノーリゾート〉が広《ひろ》がっている。冬《ふゆ》になると大勢《おおぜい》のスキーヤーやスノーボーダーでにぎわうらしい。

今《こん》シーズンは雪《ゆき》が降《ふ》るのが早《はや》かったため、まだ十二月《じゅうにがつ》になったばかりだが、今週末《こんしゅうまつ》にオープンを予定《よてい》しているそうだ。

「スキー場《じょう》のオープニングセレモニーには毎年《まいとし》、大勢《おおぜい》の人間《にんげん》が集《あつ》まる」

メサイアの目《め》がぎらりと光《ひか》った。

「先発隊《せんぱつたい》の手《て》によって、すでに準備《じゅんび》は完了《かんりょう》している。スキー場《じょう》にやってきた者《もの》たちはひとり残《のこ》らずブルーデーモンへと進化《しんか》するだろう」

「しかし……大丈夫《だいじょうぶ》でしょうか？」

リリーが不安《ふあん》げに口《くち》を開《ひら》く。

おいおい。メサイア様《さま》に意見《いけん》するなんて、一体《いったい》どんな神経《しんけい》をしているんだ？

リリーの無鉄砲《むてっぽう》な物言《ものい》いにジョーはハラハラせずにはいられなかった。

「なんだ？　リリー」

メサイアのするどい眼光《がんこう》がリリーを射抜《いぬ》く。ジョーだったらあまりの恐怖《きょうふ》に気絶《きぜつ》していたかもしれない。

しかし、リリーは気丈《きじょう》だった。

「〈全人類《ぜんじんるい》ブルーデーモン化計画《かけいかく》〉は何《なん》ヵ月《げつ》も前《まえ》から進《すす》めてきたプロジェクトですよね？　ひょっとして、カマロも関《かか》わっていたのではありませんか？」

「ああ……おまえのいうとおりだ」

幸《さいわ》いにも、メサイアが気分《きぶん》を害《がい》した様子《ようす》はなかった。

「だとしたら、計画《けいかく》を知《し》っているカマロがじゃまをしてくる可能性《かのうせい》もあるのでは？」

「かもしれないな」

メサイアはくく……と不気味《ぶきみ》な笑《わら》い声《ごえ》をあげた。

「だが、心配《しんぱい》はいらない。こちらにはこれがある」

そう口《くち》にするなり、メサイアは黒《くろ》いかたまりをジョーに向《む》かって放《ほう》り投《な》げた。反射的《はんしゃてき》にそれを受《う》け止《と》める。

ジョーが手《て》にしたものは拳銃《けんじゅう》――いや、たぶんそうではない。銃口部分《じゅうこうぶぶん》は宝石《ほうせき》のようなものでふさがれていたし、グリップには小型《こがた》のモニターがうめこまれている。

「ジョー。おまえが持《も》っておけ。それがあればおまえは無敵《むてき》だ」

「え――」

……無敵《むてき》？

「〈全人類《ぜんじんるい》ブルーデーモン化計画《かけいかく》〉をなんとしても成功《せいこう》させるのだ。期待《きたい》しているぞ」

メサイアのありがたすぎる言葉《ことば》と、絶《た》えず脳《のう》を刺激《しげき》してくるバラとコーヒーの混《ま》じった香《かお》りに、全身《ぜんしん》がぞくぞくし始《はじ》める。

全人類《ぜんじんるい》ブルーデーモン化計画《かけいかく》。

なんと心地《ここち》よいひびきだろう！

まもなく訪《おとず》れるであろう至福《しふく》のときを想像《そうぞう》し、ジョーは快感《かいかん》に打《う》ちふるえた。

# 2 銀世界《ぎんせかい》へようこそ

冷《つめ》たい風《かぜ》が顔《かお》をなでていく。

右《みぎ》を向《む》いても左《ひだり》を向《む》いても、白一色《しろいっしょく》の景色《けしき》が続《つづ》いていた。天界《てんかい》に置《お》いてあった巨大《きょだい》な砂糖《さとう》ツボがひっくり返《かえ》って、この世界《せかい》を白《しろ》くぬりかえたようにも見《み》える。

グリム童話《どうわ》に登場《とうじょう》するおかしの家《いえ》を思《おも》い出《だ》し、ぼくは舌《した》なめずりをした。目《め》の前《まえ》に広《ひろ》がる雪《ゆき》が全部《ぜんぶ》、砂糖《さとう》や生《なま》クリームだったらサイコーなのに！

ぼくたちを乗《の》せたリフトは、切《き》り開《ひら》かれたスギ林《ばやし》の真《ま》ん中《なか》を一定《いってい》のスピードで上《のぼ》っていく。スギの木《き》は前《まえ》あしをめいっぱいのばせば届《とど》きそうなくらい近《ちか》いきょりまでのびていた。ゆうべはとくにたくさん雪《ゆき》が降《ふ》ったらしく、枝《えだ》も幹《みき》もおしろいをぬりたくっている。

『すごい！　すごいね！』

美香《みか》ちゃんの胸《むね》にだかれながら、マロンちゃんはきょろきょろとあたりを見回《みまわ》し、興奮《こうふん》した口《く》調《ちょう》でそうさけんだ。

今年《ことし》の春《はる》に生《う》まれたばかりのマロンちゃんはこれまで雪《ゆき》を見《み》たことが一度《いちど》もない。はしゃぐのは当然《とうぜん》だ。

ぼくもそうだった。初《はじ》めて雪《ゆき》を見《み》たときのことを思《おも》い出《だ》す。空《そら》をふわふわと舞《ま》うそれは、縁日《えんにち》で見《み》かけた綿《わた》あめみたいにやわらかそうで、でもさわるとびっくりするくらい冷《つめ》たくて、つかまえようとしたらすぐに消《き》えてしまって……。次《つぎ》から次《つぎ》へと出現《しゅつげん》する雪《ゆき》を追《お》いかけてはしゃぎ回《まわ》るぼくを見《み》ながら、お母《かあ》さんは幸《しあわ》せそうに笑《わら》っていたっけ。

今《いま》はいないお母《かあ》さんのことを思《おも》い出《だ》し、ちょっとだけ悲《かな》しい気持《きも》ちになる。

……いけない、いけない。ひさしぶりにマロンちゃんと過《す》ごせるのだ。明《あか》るくふるまわなければ。

〈うらみスノーリゾート〉の第一《だいいち》ペアリフト。ぼくはひろし君《くん》に、マロンちゃんは美香《みか》ちゃんにかかえられている。

ひろし君《くん》は白《しろ》いヘルメットに、ラインの入《はい》ったシンプルなネイビーブルーのスキーウェア、美《み》香《か》ちゃんはうさぎのしっぽみたいな丸《まる》いかざりがついたピンクのニット帽《ぼう》と花《はな》がらのウェアを身《み》に着《つ》けていた。ふだんとは全然《ぜんぜん》ちがう格好《かっこう》で、ふたりともものすごくカッコよく見《み》える。

突然《とつぜん》の横風《よこかぜ》でリフトが激《はげ》しく左右《さゆう》にゆれたが、ぼくもマロンちゃんもドッグスリング——犬用《いぬよう》のだっこひもでひろし君《くん》と美香《みか》ちゃんの胸《むな》もとに固定《こてい》されているので落下《らっか》する心配《しんぱい》はない。

視線《しせん》を上《あ》げると、真《ま》っ青《さお》な空《そら》が広《ひろ》がっていた。雲《くも》ひとつない快晴《かいせい》だ。西《にし》の空《そら》にかたむき始《はじ》めた太陽《たいよう》がとてもまぶしい。

顔《かお》を前方《ぜんぽう》に向《む》けると、はるかかなたに〈占《うら》見山《みやま》〉の山頂《さんちょう》が見《み》える。真《ま》っ青《さお》な空《そら》と真《ま》っ白《しろ》な山《やま》のあざやかなコントラストをながめていると、どこか別世界《べっせかい》を浮遊《ふゆう》しているような不《ふ》思議《しぎ》な気持《きも》ちになってきた。

「寒《さむ》くありませんか？」

ひろし君《くん》が背中《せなか》をやさしくなでながらぼくにきく。

ううん、ちっとも！

ぼくはひろし君《くん》を見上《みあ》げ、小《ちい》さくうなずいた。ぼくもマロンちゃんも、細《ほそ》くてやわらかい毛《け》と太《ふと》くてかたい毛《け》——二種類《にしゅるい》の体毛《たいもう》に全《ぜん》

身《しん》をおおわれている。コートを重《かさ》ね着《ぎ》しているようなものだから、寒《さむ》さにはめっぽう強《つよ》い。雪《ゆき》の上《うえ》をはだしで歩《ある》いたってへっちゃらだ。

「あ、あれ見《み》て」

美香《みか》ちゃんが左《ひだり》ななめ前方《ぜんぽう》のスギの木《き》を指差《ゆびさ》した。そちらに目《め》をやると、太《ふと》い幹《みき》に茶褐色《ちゃかっしょく》の鳥《とり》が一羽《いちわ》——頭《あたま》を上《うえ》、しっぽを下《した》にしてとまっている。ガケをよじ登《のぼ》っているような格好《かっこう》だ。よほどツメがとがっているのか、幹《みき》からずり落《お》ちてくる気配《けはい》はまるでない。スズメよりも小《ちい》さなからだつきだけど、雪《ゆき》でおおわれて周囲《しゅうい》が白《しろ》いため、その鳥《とり》はとてもよく目立《めだ》っていた。

「キバシリですね」

即座《そくざ》にひろし君《くん》が答《こた》える。

「キバシリ？　変《か》わった名前《なまえ》だね」

「よく見《み》ていてください」

その鳥《とり》は左右《さゆう》に首《くび》を動《うご》かすと、幹《みき》をらせん状《じょう》に移動《いどう》しながら器用《きよう》にかけ上《あ》がり始《はじ》めた。

「木《き》を走《はし》って上《のぼ》るからキバシリです」

キバシリはものすごい速《はや》さで移動《いどう》し続《つづ》け、雪《ゆき》の積《つ》もった枝《えだ》にじゃまされてすぐに見《み》えなくなってしまった。

「こんなに寒《さむ》いのにものすごく元気《げんき》だね」

白《しろ》い息《いき》をはきながら美香《みか》ちゃんがいう。

「なにもかも雪《ゆき》にうまっちゃってるのに……エサはどうしてるんだろう？」

「木の幹《みき》に生息《せいそく》する小《ちい》さな昆虫類《こんちゅうるい》やクモを食《た》べているのでしょうが……これだけ雪《ゆき》が積《つ》もっているると、それも難《むずか》しそうですね。たぶん、お腹《なか》を空《す》かせているのではないでしょうか？」

ひろし君《くん》がそう答《こた》えた絶妙《ぜつみょう》なタイミングで、ぼくのお腹《なか》がぐうと鳴《な》った。マロンちゃんがぼくのほうを見《み》てくすりと笑《わら》う。

『もうお腹《なか》が空《す》いたの？　さっきお昼《ひる》ご飯《はん》を食《た》べたばかりなのに』

だって雪《ゆき》が生《なま》クリームみたいでおいしそうなんだもん――そんなことをいったら笑《わら》われるに決《き》まっている。ぼくは聞《き》こえなかったふりをして、

『ほら。あそこを見《み》て』

別《べつ》の話題《わだい》でごまかした。

スギ林《ばやし》がとぎれ、左手《ひだりて》にゲレンデが見《み》えてくる。

「おーい！」

ゲレンデからたけし君《くん》が手《て》をふるのがわかった。となりには卓郎君《たくろうくん》とナオちゃんが立《た》ってい

る。たけし君《くん》とナオちゃんはスキー板《いた》を、卓郎君《たくろうくん》はスノーボードを装着《そうちゃく》していた。

三人《さんにん》から少《すこ》しはなれた場所《ばしょ》に立《た》っているのはペットショップに勤《つと》めるイズミさんだ。うわさ話《ばなし》の収集《しゅうしゅう》が大好《だいす》きで、〈町《まち》の情報屋《じょうほうや》〉という異名《いみょう》を持《も》っている。

イズミさんをふくむぼくたち六人《ろくにん》と二匹《にひき》は、リフト乗《の》り場《ば》までいっしょにやってきたのだけれど、犬《いぬ》をリフトに乗《の》せるためには誓約書《せいやくしょ》を書《か》いたり、ドッグスリングを装着《そうちゃく》したりと、いろいろ面倒《めんどう》な手続《てつづ》きが必要《ひつよう》だったため、ここにいるふたりと二匹《にひき》はリフトへの乗車《じょうしゃ》がほかのみんなより少《すこ》しおくれてしまった——と、まあそんなわけ。

たけし君《くん》はいつもどおりののんきな笑顔《えがお》をうかべていたが、卓郎君《たくろうくん》とナオちゃんは口《くち》をとがらせ、不満《ふまん》げな表情《ひょうじょう》をこちらに向《む》けている。理由《りゆう》はなんとなく察《さっ》することができた。

ぼくはマロンちゃんと美《うつく》しい景色《けしき》をながめながらおしゃべりを楽《たの》しみ、ロマンチックなひとときを味《あじ》わっている。リフトは特別《とくべつ》な空間《くうかん》だ。どうせなら大好《だいす》きな人《ひと》といっしょに乗《の》りたいではないか。卓郎君《たくろうくん》とナオちゃんが不機嫌《ふきげん》そうにしている理由《りゆう》は、おそらくそういうことなのだろう。

ぼくたちを乗《の》せたリフトがようやく終点《しゅうてん》に到着《とうちゃく》する。ひろし君《くん》はスキー板《いた》を、美香《みか》ちゃんはスノーボードをはいていたが、ふたりとも経験者《けいけんしゃ》らしく、リフトからスムーズに降《お》りると、とくに苦戦《くせん》する様子《ようす》もなく、みんなの待《ま》っている地点《ちてん》まで移動《いどう》した。

「なんだよ。ひろしや美香《みか》ちゃんもすべれるのか」

たけし君《くん》が不満《ふまん》そうにくちびるを突《つ》き出《だ》す。よく見《み》ると、たけし君《くん》のスキーウェアは雪《ゆき》まみれになっていた。頭《あたま》にかぶったニット帽《ぼう》も雪《ゆき》がこびりついて真《ま》っ白《しろ》だ。

「スキーはチェルビニアでおじいさまに教《おし》えてもらいましたから」

かたに取《と》りつけていたドッグスリングをはずしながら、ひろし君《くん》はさらりと答《こた》えた。

「チェル……なんだって？」

たけし君《くん》がまゆをひそめる。

「チェルビニアって……イタリアの？」

目《め》を見開《みひら》き、おどろいたような声《こえ》を張《は》りあげたのはイズミさんだった。イズミさんは毛皮《けがわ》のコートを身《み》にまとい、スノーブーツをはいている。そんな格好《かっこう》をした人《ひと》は周《まわ》りにひとりもいなかったので、彼女《かのじょ》だけがひどくういて見《み》えた。イズミさんいわく、子供《こども》のころからスポーツは大《だい》の苦手《にがて》とのこと。せっかくゲレンデへやってきたのに、スキーやスノーボードを楽《たの》しむつもりはまるでないらしい。

「はい。おじいさまがトリノに住《す》んでいますので」

ぼくを雪《ゆき》の上《うえ》に下《お》ろしながら、ひろし君《くん》は表情《ひょうじょう》を変《か》えずにそう答《こた》えた。

「トリノにおじいさん？　まさかイタリア人《じん》ってわけじゃないよね？」

「いえ、生粋《きっすい》のイタリア人《じん》です。ジャン・ロレンツォ・ベルニーニ——イタリアを代表《だいひょう》する有名《ゆうめい》彫刻家《ちょうこくか》と同《おな》じ名前《なまえ》だと、いつも得意《とくい》げに話《はな》しています」

「ジャン・ロレンツォ……」

イズミさんはあっけにとられた顔《かお》をしている。

「君《きみ》ってホント、いろいろとすごいよね」

「すごい？　なにがでしょうか？」

「いいなあ。あたし、まだイタリアって行《い》ったことないんだよねえ」

ひろし君《くん》の質問《しつもん》を無視《むし》して、イズミさんはうらやましそうにいった。

ふたりの会話《かいわ》をなんとなく聞《き》きながら、ぼくはひさしぶりに感《かん》じる雪《ゆき》の冷《つめ》たさに感動《かんどう》していた。うれしくて、しっぽが左右《さゆう》に動《うご》く。本当《ほんとう》はもっと早《はや》くからしっぽをふりたかったんだけど、せまいリフトの上《うえ》ではみんなに迷惑《めいわく》がかかると思《おも》い、ここまで必死《ひっし》で我慢《がまん》していたのだ。

肉球《にくきゅう》がひんやりと気持《きも》ちいい。思《おも》わずとびはねたくなった。生《う》まれて初《はじ》めて雪《ゆき》をふみしめたマロンちゃんもちぎれんばかりにしっぽをふっている。

「パスタもピザも日本《にほん》とは全然《ぜんぜん》ちがうっていうし……行《い》ってみたいなあ。ねえ、ひろし君《くん》。あなたのおじいさん、今度《こんど》あたしに紹介《しょうかい》してよ」

「ええ。機会《きかい》があれば」

イズミさんの話《はなし》を適当《てきとう》に受《う》け流《なが》すと、ひろし君《くん》はメガネの上《うえ》からゴーグルを装着《そうちゃく》し、ストックのグリップをにぎり直《なお》した。

「天気《てんき》のよいうちにすべっておきましょう。そのうち雪《ゆき》が降《ふ》ってくるかもしれませんので」

「こんなに晴《は》れてるのに？」

卓郎君《たくろうくん》が空《そら》を見上《みあ》げていう。赤《あか》いヘルメットに太陽《たいよう》の光《ひかり》が反射《はんしゃ》してまぶしい。卓郎君《たくろうくん》のいうとおり、このあと天気《てんき》がくずれるようには見《み》えないが、ひろし君《くん》がいっているのだからたぶんまちがいないのだろう。

「太陽《たいよう》の周《まわ》りにうっすらと光《ひかり》の輪《わ》が見《み》えます。これはハロと呼《よ》ばれる現象《げんしょう》で、上空《じょうくう》にうすいベール状《じょう》の雲《くも》——巻層雲《けんそううん》が広《ひろ》がっている証拠《しょうこ》です。巻層雲《けんそううん》のあとには雨雲《あまぐも》がやってきます。巻層雲《けんそううん》は僕《ぼく》たちがこのスキー場《じょう》にやってきた数時間前《すうじかんまえ》から確認《かくにん》できましたので、いつ天気《てんき》がくずれてもおかしくないでしょう」

ひろし君《くん》が気象学《きしょうがく》をみんなに披露《ひろう》する間《あいだ》、イズミさんはずっとスマートフォンをいじり続《つづ》けていた。イタリアについて調《しら》べているのかと思《おも》ったが、どうやらそうではなさそうだ。気《き》の置《お》けないだれかにメッセージを送《おく》っているのか、表情《ひょうじょう》がわずかにけわしい。どこか緊張《きんちょう》しているようにも見《み》える。

イズミさんの様子《ようす》が気《き》になったので、ぼくはひろし君《くん》のかたによじのぼった。そこからイズミさんのスマホ画面《がめん》をのぞきこむ。

知《し》り合《あ》いと手軽《てがる》にメッセージ交換《こうかん》ができるアプリの画面《がめん》が開《ひら》かれていた。お父《とう》さんもよく使《つか》っているからそれくらいのことはわかる。

ぼくは息《いき》をのんだ。

つい今《いま》しがた、イズミさんがメッセージを送《おく》った相手《あいて》の名前《なまえ》は〈ジョー〉だった。

真《ま》っ先《さき》に思《おも》いうかんだ顔《かお》はメサイアの手先《てさき》——最近《さいきん》、ぼくたちのことを執拗《しつよう》に追《お》いかけてくるふたり組《ぐみ》のかたわれだ。

## 〈すべて計画《けいかく》どおりに進行中《しんこうちゅう》〉

イズミさんは〈ジョー〉なる人物《じんぶつ》に、そんなメッセージを送《おく》っていた。

# 3 イズミさんとマロンちゃん

スマホをコートのポケットにしまいこむと、イズミさんは長《なが》い髪《かみ》をかきあげて周囲《しゅうい》に視線《しせん》を移《うつ》した。

太陽《たいよう》の光《ひかり》を反射《はんしゃ》してかがやく雪《ゆき》のきらめきにまゆをひそめ、目《め》を細《ほそ》める。ただまぶしかっただけなのかもしれないが、ぼくにはなにかよくないことをたくらむ悪人《あくにん》の表情《ひょうじょう》に見《み》えた。

……もしかして、イズミさんはメサイアの仲間《なかま》なのだろうか？

そもそも、ぼくたちを今回《こんかい》のスキー旅行《りょこう》にさそってきたのはイズミさんだった。

三日前《みっかまえ》、碧奥町商店街《へきおちょうしょうてんがい》の大型書店《おおがたしょてん》で昆虫《こんちゅう》の専門書《せんもんしょ》を探《さが》していたひろし君《くん》はイズミさんとばったり出会《であ》い、そのときに〈うらみスノーリゾート〉のオープニングイベント招待券《しょうたいけん》があまっているので行《い》かないか？　と声《こえ》をかけられたらしい。

ホテルの宿泊《しゅくはく》とスキー場《じょう》のリフト乗《の》り放題券《ほうだいけん》がセットになったお得《とく》なチケットだが、なぜか子《こ》供券《どもけん》だけが大量《たいりょう》に残《のこ》ってしまい困《こま》っていたのだという。

スキー板《いた》やスノボのレンタルもすべて無料《むりょう》。あたしが保護者《ほごしゃ》になってみんなの面倒《めんどう》をみるし、行《い》き帰《かえ》りはあたしの車《くるま》を使《つか》うから、一泊分《いっぱくぶん》の着《き》がえだけ持《も》ってこればOK《オーケー》。おうちの人《ひと》にはあたしのほうから説明《せつめい》させてもらうけど、どう？

イズミさんはそういってかなり強引《ごういん》にひろし君《くん》をさそったらしい。この時点《じてん》ですでにあやしすぎるではないか。

イズミさんの店《みせ》には何度《なんど》も出入《でい》りしている。知《し》らない仲《なか》というわけではない。でも、とまりがけの旅行《りょこう》にさそわれるほど親《した》しいかといえばそれは疑問《ぎもん》だ。子供五人《こどもごにん》を連《つ》れて一泊二日《いっぱくふつか》のスキー旅行《りょこう》に出《で》かけるなんて、よほどの世話好《せわず》きでなければできることじゃない。イズミさんはどうひいき目《め》に見《み》たってそのようなタイプではなかった。

ひろし君《くん》も一度《いちど》はイズミさんの申《もう》し出《で》を断《ことわ》ったようだ。だけど次《つぎ》の日《ひ》、その話《はなし》を知《し》ったナオちゃんが「絶対《ぜったい》に行《い》きたい」とさわぎだした。なんでも〈うらみスノーリゾート〉内《ない》のホテルには今年《ことし》の秋《あき》に完成《かんせい》したばかりの豪華《ごうか》な温泉施設《おんせんしせつ》があるのだという。お湯《ゆ》が勢《いきお》いよく落《お》ちてくる滝風呂《たきぶろ》、鍾乳洞《しょうにゅうどう》の中《なか》を探検《たんけん》しているような気分《きぶん》になれる岩風呂《いわぶろ》、水着《みずぎ》で入《はい》れるエリアにはすべり台《だい》や雲梯《うんてい》まで設置《せっち》されていて、遊園地《ゆうえんち》みたいに楽《たの》しめるらしい。

そんなわけで急《きゅう》きょ、いつものメンバーが〈まんぷく食堂《しょくどう》〉に集《あつ》まり、イズミさんのさそいを受《う》けるかどうかの緊急会議《きんきゅうかいぎ》が開《ひら》かれた。

たけし君《くん》と卓郎君《たくろうくん》は「面白《おもしろ》そうじゃん」と速攻《そっこう》でスノーリゾートに行《い》くことを決《き》めた。〈うらみスノーリゾート〉はルールさえ守《まも》ればぼくたち犬《いぬ》も利用《りよう》できるし、ホテルの宿泊《しゅくはく》もOK《オーケー》だ。タケルとマロンもいっしょにいけるね、と話《はなし》は一気《いっき》に盛《も》り上《あ》がったが、そんな中《なか》、最後《さいご》まで出《で》かけることをためらっていたのは美香《みか》ちゃんだった。

今《いま》でこそ美香《みか》ちゃんの家族《かぞく》となって幸《しあわ》せな毎日《まいにち》を過《す》ごしているマロンちゃんだが、もともとはイズミさんの勤《つと》めるペットショップで売《う》れ残《のこ》り、ひどい環境《かんきょう》で飼育《しいく》されていた犬《いぬ》だ。店《みせ》の裏《うら》のせまくきたない空間《くうかん》につながれ、終始《しゅうし》うなだれていたマロンちゃん——あのときのことを思《おも》い出《だ》すと、今《いま》でも心《こころ》のすみっこがズキリと痛《いた》む。

イズミさんは明《あか》るい性格《せいかく》で客受《きゃくう》けもよいみたいだけど、ペットショップの仕事《しごと》には不向《ふむ》きだと思《おも》われる長《なが》いツメと強《つよ》い香水《こうすい》のにおいが気《き》になるし、かん高《だか》い声《こえ》も他人《たにん》のうわさ話《ばなし》が大好《だいす》きなところも、ぼくはあまり好《す》きじゃなかった。美香《みか》ちゃんもきっと、ぼくと同《おな》じような感情《かんじょう》をイズミさんにいだいていたんじゃないだろうか？

——私《わたし》なら大丈夫《だいじょうぶ》だよ。

あのとき、美香《みか》ちゃんの気持《きも》ちを察《さっ》したマロンちゃんは、彼女《かのじょ》のあしにすりよってやさしい声《こえ》をもらした。美香《みか》ちゃんがマロンちゃんをだきかかえる。

私《わたし》もひさしぶりにイズミさんに会《あ》いたいな。

そういって、マロンちゃんは美香《みか》ちゃんのほっぺたをなめた。

マロンちゃんの気持《きも》ちが届《とど》いたのか、最後《さいご》には美香《みか》ちゃんも〈うらみスノーリゾート〉に出《で》かけることを決《き》めた。

わかりました、みなさんがそういうのであれば僕《ぼく》も行《い》きましょう。

みんなの様子《ようす》を見《み》て、ひろし君《くん》は仕方《しかた》なしといった感《かん》じでうなずき、イズミさんに改《あらた》めてお願《ねが》いしにいったというわけだ。

これまでぼくたちは、クロさんを始《はじ》めとするメサイアの仲間《なかま》たちにくり返《かえ》しおそわれてきた。命《いのち》の危険《きけん》を感《かん》じたことだって一度《いちど》や二度《にど》じゃない。もしイズミさんがメサイアの一味《いちみ》なのだとしたら、ぼくたちをここへさそったことには、別《べつ》の理由《りゆう》があると考《かんが》えたほうがいいだろう。

よくよく考《かんが》えてみれば、イズミさんにはあやしい点《てん》がいくつもあった。

〈うらみスノーリゾート〉にやってきてから、イズミさんは何度《なんど》もスマホをのぞきこみ、だれかと連絡《れんらく》を取《と》り合《あ》っている。その表情《ひょうじょう》はいつもかたく、友人《ゆうじん》と他愛《たわい》もないやりとりをしているようにはとても見《み》えなかった。

スキー場《じょう》にやってきたというのに、スキーもスノーボードもまったくやるつもりがないというのもおかしい。

やはり、ぼくたちはここに来《く》るべきじゃなかったのでは？

リフトに乗《の》っていたときのワクワク感《かん》は一気《いっき》に消《き》え失《う》せ、イズミさんに対《たい》する不信感《ふしんかん》がむくむくとふくらんでいく。

『ねえ』

ぼくの不安《ふあん》になどまるで気《き》づく様子《ようす》もなく、全身《ぜんしん》で雪《ゆき》の感触《かんしょく》を楽《たの》しんでいたマロンちゃんに声《こえ》をかける。

『ひさしぶりにイズミさんと再会《さいかい》してどうだった？』

『どうって？』

『なにか気《き》になることとか……』

『うーん、ちょっと太《ふと》ったんじゃないかな？』

マロンちゃんが寝《ね》そべったままぼくのほうを向《む》いて答《こた》える。鼻《はな》の頭《あたま》が雪《ゆき》で真《ま》っ白《しろ》だ。

『あの人《ひと》、あまいものには目《め》がないから』

いや、知《し》りたいのはそんなことじゃない。

『やさしくしてくれた？』

『うん。会《あ》ってすぐに私《わたし》の頭《あたま》をなでてくれたよ。昔《むかし》と同《おな》じでやさしいまんま』

マロンちゃんの返答《へんとう》に、ぼくは首《くび》をかしげた。ペットショップでマロンちゃんを無下《むげ》にあつかっていた人《ひと》がやさしいはずはない。

『タケル君《くん》、あの人《ひと》のことを誤解《ごかい》してるんじゃない？　ペットショップにいるときも、イズミさんはやさしくしてくれたよ』

『そんなふうには見《み》えなかったけど』

うすぎたない店《みせ》の裏《うら》にマロンちゃんを追《お》いやり、散歩《さんぽ》にもろくに連《つ》れていってくれなかったイズミさん。そんな人《ひと》がやさしいとはとても思《おも》えない。

『仕方《しかた》なかったんだって。私《わたし》は人間《にんげん》の言葉《ことば》がわからなかったから、あのとき、なにがあったのかまでくわしく理解《りかい》していたわけではないけど……私《わたし》のことでイズミさんと店長《てんちょう》さんがたびたびもめていたのは知《し》ってる。イズミさんがいなかったら、私《わたし》、もっとひどい目《め》にあっていたかもしれないんだよ』

マロンちゃんにそういわれたら、ぼくはだまりこむしかなかった。

マロンちゃんのいうとおり、イズミさんだけが悪《わる》いわけではないのだろう。やむを得《え》ない事情《じじょう》があったのかもしれない。でも、マロンちゃんを劣悪《れつあく》な環境《かんきょう》に放置《ほうち》し、平気《へいき》な顔《かお》をしていたのは事実《じじつ》なのだ。

ぼくはイズミさんをにらみつけた。

マロンちゃんを裏切《うらぎ》るようで悪《わる》いと思《おも》ったが、イズミさんに心《こころ》をゆるしてはならない。〈ジョー〉という名《な》の人物《じんぶつ》とメッセージのやりとりをしていることがわかったのだからなおさらだ。なるべく早《はや》く、ひろし君《くん》にこのことを伝《つた》えなければ。

「イズミさんはすべらないのですか？」

ぼくの不安《ふあん》を読《よ》み取《と》ったかのようなタイミングで、ひろし君《くん》がイズミさんにたずねた。ひろし君《くん》のことだ。イズミさんの行動《こうどう》がおかしいことに、もっと前《まえ》から気《き》づいていたのかもしれない。

「あたしはお散歩《さんぽ》。このあたりをしばらく歩《ある》いたら、先《さき》にホテルへもどっているね。……あ。みんなはリフトの営業時間終了《えいぎょうじかんしゅうりょう》まで自由《じゆう》に遊《あそ》んでいていいよ」

「スノボとかやらないの？　卓郎《たくろう》が教《おし》えてくれるよ」

美香《みか》ちゃんが口《くち》をはさむ。

「あたしも去年《きょねん》まで全然《ぜんぜん》できなかったんだけど、卓郎《たくろう》に教《おし》えてもらって、なんとかすべれるようになったんだ」

「スノボなんてあたしには無理無理《むりむり》」

イズミさんは顔《かお》の前《まえ》で片手《かたて》をふりながら苦笑《にがわら》いを見《み》せた。

「あたし、運動神経《うんどうしんけい》がにぶいとかそんなレベルじゃないから。スノボとかスキーなんてやったら一分《いっぷん》とたたないうちに大《おお》けがしちゃうわ」

「だったらどうして、こんなところに来《き》たんだよ？」

当然《とうぜん》の疑問《ぎもん》を卓郎君《たくろうくん》が投《な》げかけた。

「あ、わかった」

クマの耳《みみ》がついた茶色《ちゃいろ》いニット帽《ぼう》に全体《ぜんたい》がもこもこした茶色《ちゃいろ》のワンピースを身《み》に着《つ》けたナオちゃんが手《て》をたたく。手袋《てぶくろ》をつけているので、パフンと間《ま》の抜《ぬ》けた音《おと》がした。

「イズミさんもホテルの温泉《おんせん》が目当《めあ》てなんでしょう？」

クマのぬいぐるみがしゃべっているみたいで、とってもかわいらしい。

「それもあるけど、一番《いちばん》の目的《もくてき》は犬《いぬ》ゾリ」

「犬《いぬ》ゾリ？」

たけし君《くん》が身《み》を乗《の》り出《だ》す。犬《いぬ》と聞《き》いたら、ぼくも興味《きょうみ》を持《も》たずにはいられなかった。

「このスキー場《じょう》の南側《みなみがわ》に高原《こうげん》が広《ひろ》がっているんだけど、そこで犬《いぬ》ゾリ体験《たいけん》ができるんだって。『南極物語《なんきょくものがたり》』って知《し》ってる？」

「南極大陸《なんきょくたいりく》に取《と》り残《のこ》された樺太犬《からふとけん》の兄弟《きょうだい》――タロとジロが、約一年後《やくいちねんご》に奇跡的《きせきてき》に救出《きゅうしゅつ》されたという実話《じつわ》をもとに作《つく》られた映画《えいが》ですよね？」

「さすがひろし君《くん》」

イズミさんは感心《かんしん》したようにうなずいた。

「あたし、あの映画《えいが》が子供《こども》のころから大《だい》のお気《き》に入《い》りで……感動《かんどう》したなあ。動物《どうぶつ》が好《す》きになったのも『南極物語《なんきょくものがたり》』がきっかけなんだよ」

その言葉《ことば》にぼくはもやもやしたものを感《かん》じた。タロとジロのエピソードならぼくも、お父《とう》さんの持《も》っている本《ほん》をこっそり読《よ》んだから知《し》っている。

人間《にんげん》の身勝手《みがって》な都合《つごう》で置《お》き去《ざ》りにされた犬《いぬ》は全部《ぜんぶ》で十五頭《じゅうごとう》。

タロとジロだけが生還《せいかん》したということは、裏返《うらがえ》すと、残《のこ》りの十三頭《じゅうさんとう》は命《いのち》を落《お》としてしまったわけだ。感動《かんどう》なんてできるはずがない。

「『南極物語《なんきょくものがたり》』の中《なか》にね、犬《いぬ》ゾリに乗《の》って氷《こおり》の上《うえ》を走《はし》るシーンがあるんだけど、あれを見《み》てずっとあこがれてたんだよねえ。あたしもいつか犬《いぬ》ゾリに乗《の》ってみたいなあって。小《ちい》さいころからの夢《ゆめ》だったんだ。というわけで、体験会《たいけんかい》に参加《さんか》する明日《あした》が、あたしにとっての本番《ほんばん》ってわけ」

イズミさんに対《たい》する不信感《ふしんかん》はさらにつのった。

人間《にんげん》の乗《の》ったソリを引《ひ》っ張《ぱ》って走《はし》るなんて、犬《いぬ》にとっては想像《そうぞう》を絶《ぜっ》する重労働《じゅうろうどう》だろう。考《かん》えただけでぞっとする。そんなことにあこがれるなんて、イズミさんはやっぱりどうかしていると思《おも》った。

「じゃあ、あたしはあっちのほうを散歩《さんぽ》してくるから」

イズミさんはリフト降《お》り場《ば》の向《む》こう側《がわ》――人《ひと》けのないエリアを指差《ゆびさ》していった。

「みんなは自由《じゆう》にすべって楽《たの》しんでね。なにかあったらあたしのスマホに連絡《れんらく》して。番号《ばんごう》はさっき教《おし》えたからわかるよね？」

卓郎君《たくろうくん》とナオちゃんがほぼ同時《どうじ》にうなずく。ナオちゃんはここへ来《く》ることが決《き》まった直後《ちょくご》に、親《おや》からスマホを買《か》ってもらったらしい。

「みんな、気《き》をつけてね」

イズミさんはそう口《くち》にすると、ぼくたちに背中《せなか》を向《む》けてゲレンデをゆっくり上《のぼ》り始《はじ》めた。

気《き》をつけてね。

イズミさんの最後《さいご》の言葉《ことば》が妙《みょう》に引《ひ》っかかる。

うっかり転倒《てんとう》してけがとかしないようにね――たぶんそういう意味《いみ》なのだろうけれど、これから危険《きけん》なことが起《お》こるから覚悟《かくご》しといてね、とぼくたちのことをあざ笑《わら》ったようにも聞《き》こえたのだ。

イズミさんのあやしげな行動《こうどう》についてひろし君《くん》に報告《ほうこく》しようかと思《おも》ったが、みんなのいる前《まえ》ではなかなか話《はな》しかけることができない。

ぼくの思《おも》い過《す》ごしならいいのだけれど……。

# 4 シロウサギを追《お》いかけて

〈うらみスノーリゾート〉は犬《いぬ》に親切《しんせつ》な施設《しせつ》だ。

リフトやゴンドラへの乗車《じょうしゃ》は自由《じゆう》。ゲレンデ内《ない》のいたるところにドッグランが用意《ようい》されているし、斜面《しゃめん》がゆるやかなペアリフト沿《ぞ》いのコースに限《かぎ》っては——もちろん、保護責任者《ほごせきにんしゃ》である人間《にんげん》と一緒《いっしょ》に、という条件付《じょうけんつ》きだけれど——自由《じゆう》に走《はし》り回《まわ》ってもよいことになっていた。

イズミさんと別《わか》れると、みんなは早速《さっそく》、スノースポーツを楽《たの》しみ始《はじ》めた。

まず、卓郎君《たくろうくん》と美香《みか》ちゃんがスノーボードですべり出《だ》す。ふたりとも上手《じょうず》だ。右《みぎ》へ左《ひだり》へとターンを決《き》め、斜面《しゃめん》をすべり下《お》りていく。卓郎君《たくろうくん》はイルカみたいにとびはねたり、ジャンプしながら方向《ほうこう》を変《か》えたりと、カッコイイ技《わざ》まで披露《ひろう》していた。

たけし君《くん》はスキー板《いた》を「八《はち》」の形《かたち》に保《たも》ちながらゆっくりとすべっていく。まだなれていないのか、上半身《じょうはんしん》がふらふらして今《いま》にも転《ころ》びそうだ。見《み》ていてハラハラしてしまう。

ひろし君《くん》とナオちゃんはぼくとマロンちゃんを連《つ》れてドッグランへとやってきた。リードをはずしてもらったマロンちゃんが大《おお》はしゃぎで走《はし》り始《はじ》める。

『タケル君《くん》、鬼《おに》ごっこしようよ！』

そういわれたけれど、ぼくはイズミさんのことが気《き》になってそんな気《き》になれない。

はしゃぐマロンちゃんを横目《よこめ》に見《み》ながら、ひろし君《くん》はスキー初体験《はつたいけん》のナオちゃんに板《いた》のはきかたや安全《あんぜん》な転《ころ》びかた、そしてブレーキのかけたかたをていねいに教《おし》えている。ナオちゃんはひろし君《くん》の言葉《ことば》に真剣《しんけん》に耳《みみ》をかたむけていた。この感《かん》じならすぐに上達《じょうたつ》しそうだ。

『ねえ、あそこに足《あし》あとがあるよ！』

マロンちゃんに声《こえ》をかけられる。彼女《かのじょ》の視線《しせん》の先《さき》を確認《かくにん》すると、ゲレンデのすみにスギ林《ばやし》へと続《つづ》く足《あし》あとが残《のこ》っていた。小《ちい》さい足《あし》あとがたてにふたつ、大《おお》きい足《あし》あとが横《よこ》にふたつ――それが交互《こうご》にくり返《かえ》されている。前《まえ》あしでチョンと地面《じめん》をけり、後《うし》ろあしで着地《ちゃくち》をするシロウサギのミミの姿《すがた》を思《おも》い出《だ》した。あれはおそらくウサギの足《あし》あとだ。

『あの足《あし》あとをたどったらウサギがいるのかな？』

マロンちゃんの声《こえ》ははずんでいた。

足《あし》あとは斜面《しゃめん》を上《のぼ》ってリフト降《お》り場《ば》の向《む》こう側《がわ》へと続《つづ》いている。イズミさんが向《む》かった方角《ほうがく》と同《おな》じだ。

『行《い》ってみよう』

ぼくはマロンちゃんにそう提案《ていあん》した。ウサギが気《き》になったわけではない。イズミさんのあとをこっそりつけて様子《ようす》をうかがおうと考《かんが》えたのだ。もしイズミさんがメサイアの仲間《なかま》であるなら、人《ひと》けの少《すく》ない場所《ばしょ》でなにかよからぬことを始《はじ》めている可能性《かのうせい》だってある。

ひろし君《くん》とナオちゃんの目《め》をぬすんで、ぼくたちはドッグランをこっそり抜《ぬ》け出《だ》した。ウサギの足《あし》あとを追《お》いかけてゲレンデを横切《よこぎ》る。ゲレンデの雪《ゆき》は圧雪車《あっせつしゃ》を使《つか》って固《かた》められているらしいので、それほど走《はし》りにくくはなかった。

周囲《しゅうい》をぐるりと見《み》わたす。ウサギの足《あし》あとと交差《こうさ》する形《かたち》でもうひとつ別《べつ》の足《あし》あとが続《つづ》いていた。人間《にんげん》のはくくつのあとだ。スキー板《いた》かスノーボードをはいていれば、このような足《あし》あとは残《のこ》らない。となれば、これはイズミさんの歩《ある》いたあとだろう。鼻《はな》を近《ちか》づけてみると、やはりイズミさんのにおいがした。

イズミさんの足《あし》あとはスギ林《ばやし》の奥《おく》へと続《つづ》いている。林《はやし》の前《まえ》には黄色《きいろ》いロープが張《は》られ、その前《まえ》に〈危険《きけん》！　この先《さき》、立入禁止《たちいりきんし》〉と書《か》かれた札《ふだ》が立《た》っていた。どうやら、イズミさんは立《た》て看板《かんばん》の警告《けいこく》を無視《むし》してロープの向《む》こう側《がわ》へと入《はい》っていったようだ。ますますあやしい。

ぼくは立《た》て看板《かんばん》の前《まえ》に立《た》った。マロンちゃんもあとをついてくる。

決《き》まりを破《やぶ》るのは絶対《ぜったい》によくないことだけど、これはそもそも人間《にんげん》の決《き》めたルールだ。犬《いぬ》には関係《かんけい》ないよね、と無理《むり》やり自分《じぶん》にいい聞《き》かせ、ロープの下《した》をくぐり抜《ぬ》ける。

「ねえ。そっちへ行《い》ってもいいの？」

マロンちゃんが不安《ふあん》そうにきいてきた。立《た》て看板《かんばん》の文字《もじ》は読《よ》めないはずだけど、カンのよい彼《かの》女《じょ》はぼくがルールを守《まも》っていないことに気《き》づいてしまったのだろう。

「おい。どこ行《い》くんだよ？」

リフト降《お》り場《ば》のほうから声《こえ》が聞《き》こえた。たけし君《くん》だ。ぼくたちがひろし君《くん》によるスキー講習《こうしゅう》をながめたり、ウサギの足《あし》あとについてあれこれ語《かた》っている間《あいだ》に、再《ふた》びリフトに乗《の》ってここまでもどってきたらしい。

たけし君《くん》は手《て》に持《も》ったストックを、ボートをこぐみたいに動《うご》かしながらこちらへやってくる。

「ダメだぞ、タケル。そっちは立《た》ち入《い》り禁止《きんし》だからな」

ねえ、これを見《み》てよ！

ぼくはイズミさんの足《あし》あとを前《まえ》あしで指《さ》し示《しめ》した。

イズミさんが林《はやし》の中《なか》に入《はい》っていっちゃったんだ！

もしイズミさんがメサイアの手先《てさき》だというのなら、あとを追《お》いかけて今《いま》のうちにたくらみを阻《そ》止《し》しなくてはならない。そうじゃなかったとしても立《た》ち入《い》り禁止《きんし》エリアで足《あし》でもすべらせたら大《たい》変《へん》だ。イズミさんは雪山用《ゆきやまよう》の装備《そうび》をまったく身《み》に着《つ》けていなかった。ちょっとした油断《ゆだん》が命《いのち》の危険《きけん》につながる可能性《かのうせい》だって十分《じゅうぶん》に考《かんが》えられる。

ぼくはたけし君《くん》の言葉《ことば》を無視《むし》して、林《はやし》の中《なか》へ飛《と》びこんだ。

「おい、こら。待《ま》てって」

たけし君《くん》はぼくをつかまえようとうでをのばしたが、そうかんたんにつかまるぼくじゃない。

「あ、うわっ」

背後《はいご》からたけし君《くん》の短《みじか》い悲鳴《ひめい》が聞《き》こえた。立《た》ち止《ど》まってふり返《かえ》る。たけし君《くん》は雪《ゆき》の上《うえ》にうつぶせでたおれた状態《じょうたい》で、両手《りょうて》をばたばたと動《うご》かしていた。立《た》ち上《あ》がろうにも、スキー板《いた》の先《さき》が雪《ゆき》にささって、身動《みうご》きがとれないようだ。

たけし君《くん》はうでにちからをこめ、上半身《じょうはんしん》を起《お》こそうとした。しかし、うではずぶずぶと雪《ゆき》の中《なか》にうまっていく。もがけばもがくほど、たけし君《くん》のからだは雪《ゆき》の中《なか》にしずんでいった。

整備《せいび》されたゲレンデとちがって、林《はやし》の中《なか》は雪《ゆき》がやわらかい。ぼくやマロンちゃんみたいに体重《たいじゅう》が軽《かる》ければなんの問題《もんだい》もないが、たけし君《くん》の重《おも》さだとどうにもならないみたいだ。

これはもはや底《そこ》なし沼《ぬま》。大変《たいへん》だ。早《はや》くなんとかしないと、たけし君《くん》が雪《ゆき》にうもれて息《いき》ができなくなってしまう。

だれか助《たす》けて！

ぼくは大声《おおごえ》でさけんだ。ぼくに続《つづ》いて、マロンちゃんもキャンキャンとほえたてる。

たけし君《くん》がここにいるということは、卓郎君《たくろうくん》と美香《みか》ちゃんも近《ちか》くにいる可能性《かのうせい》が高《たか》い。スキー講習《こうしゅう》が続《つづ》いているなら、ひろし君《くん》やナオちゃんだってぼくの声《こえ》が届《とど》く範囲《はんい》にいるはずだ。

大丈夫《だいじょうぶ》。すぐに助《たす》けが来《く》るからね。

たけし君《くん》をはげまそうと大《おお》きく息《いき》を吸《す》いこんだところで、動画《どうが》を逆再生《ぎゃくさいせい》するみたいに、いきなりたけし君《くん》が立《た》ち上《あ》がった。まるで、ホラー映画《えいが》に登場《とうじょう》するゾンビみたいだ。びっくりしたぼくは思《おも》わず後《うし》ろにのけぞった。

だが、たけし君《くん》がいきなりゾンビになるはずもない。

「君《きみ》、大丈夫《だいじょうぶ》かい？」

大《おお》きなザックを背負《せお》った男性《だんせい》が雪《ゆき》まみれになったたけし君《くん》にたずねる。彼《かれ》が後《うし》ろからたけし君《くん》の両《りょう》わきにうでを差《さ》しこみ、一気《いっき》に上半身《じょうはんしん》を引《ひ》っ張《ぱ》り上《あ》げたのだった。

「ぷはあ……死《し》ぬかと思《おも》った」

たけし君《くん》は口《くち》から思《おも》いっきり雪《ゆき》をはき出《だ》した。

「タケル、おまえのせいだぞ」

そういってぼくをにらみつける。

「この先《さき》は絶対《ぜったい》に行《い》っちゃダメだ。リフト降《お》り場《ば》の先《さき》にオバケの出《で》るスギ林《ばやし》があるって、車《くるま》の中《なか》でイズミさんが話《はな》していただろ？　それってここのことなんじゃないのか？」

そんな話《はなし》してたっけ？　マロンちゃんとのおしゃべりに夢中《むちゅう》になっていたから、聞《き》きのがしていたようだ。

ぼくのせいで雪《ゆき》まみれになっちゃってゴメンなさい。でも、それだけしゃべれるんだからからだのほうは心配《しんぱい》ないよね？

「マジでびっくりしたぞ、もう」

たけし君《くん》の顔《かお》にはまだ雪《ゆき》がついたままだった。まゆが真《ま》っ白《しろ》でおじいちゃんみたいだ。

「助《たす》けてくれてありがとう」

ウェアについた雪《ゆき》をはらいながら、たけし君《くん》がお兄《にい》さんに頭《あたま》を下《さ》げる。

「昨日《きのう》の夜《よる》、大雪《おおゆき》が降《ふ》ってさ、このあたりはかなり積《つ》もってるみたいだから気《き》をつけたほうがいいよ」

お兄《にい》さんはザックを背負《せお》い直《なお》しながら、人当《ひとあ》たりのよい笑顔《えがお》でたけし君《くん》にいった。ザックはとても大《おお》きく、しかもぱんぱんにふくれあがっている。一体《いったい》、なにが入《はい》っているんだろう？

「おい」

立《た》て看板《かんばん》の向《む》こう側《がわ》から声《こえ》がした。真《ま》っ白《しろ》なダウンジャケットを着《き》こんだ男《おとこ》の人《ひと》が、ぼくたちのほうをのぞきこんでいる。色《いろ》のこいサングラスをかけ、黒《くろ》いフェイスマスクを装着《そうちゃく》していた。

スキー場《じょう》だから違和感《いわかん》はそれほどないけど、もし街《まち》なかで見《み》かけたらあやしいことこの上《うえ》ない。

「どんな感《かん》じだ？　こっから入《はい》れそうか？」

サングラスにフェイスマスクの男《おとこ》がいう。

「ああ、かなり雪深《ゆきぶか》いけど、なんとかなりそうだ」

ザックのお兄《にい》さんが答《こた》えた。

「ん？　そいつ、だれだよ？」

フェイスマスクの男《おとこ》はたけし君《くん》をあごで示《しめ》し、ぶっきらぼうにきいた。

「ここで雪《ゆき》にうまって身動《みうご》きがとれなくなってたから助《たす》けてあげたんだ」

たけし君《くん》のスキーウェアについた雪《ゆき》をはらいながらザックのお兄《にい》さんがいう。

と、そのときだ。

「マロン、そこにいるのか？」

林《はやし》の外《そと》から卓郎君《たくろうくん》の声《こえ》が聞《き》こえた。

「タケル君《くん》もいっしょですか？」

続《つづ》けてひろし君《くん》の声《こえ》。

「無事《ぶじ》でよかった。急《きゅう》にいなくなるんだもん。ナオ、心配《しんぱい》しちゃったよ」

フェイスマスクの男《おとこ》の周《まわ》りに、みんなの姿《すがた》が見《み》える。ひろし君《くん》とナオちゃんはかたにスキー板《いた》をかついでいた。みんな、ぼくとマロンちゃんの声《こえ》を聞《き》いて、わざわざゲレンデを上《のぼ》ってきてくれたらしい。

「あ、たけし君《くん》!」

こちらを見《み》て、ナオちゃんがさけぶ。

「どうしたの？ そんなところで雪《ゆき》だるまみたいになって」

「おい、カメ。そいつ、この子《こ》らの友達《ともだち》らしいぞ」

フェイスマスクの男《おとこ》がいった。

「……え？ カメ？ まさか……」

美香《みか》ちゃんがフェイスマスクの男《おとこ》の顔《かお》を凝視《ぎょうし》する。

「あの……」

興奮《こうふん》した様子《ようす》で、美香《みか》ちゃんは次《つぎ》の言葉《ことば》を口《くち》にした。

「もしかしてあなた……ウサギさんですか？」

「あ……うん、ばれちゃったか」

フェイスマスクの男《おとこ》が首《くび》をすくめる。

どうやらぼくたちは、ウサギを追《お》いかけているうちに、人間《にんげん》のウサギさんと出《で》くわしてしまったらしい。

# 5 ウサギとカメ

林《はやし》を出《で》たぼくたちは、〈立入禁止《たちいりきんし》〉の看板《かんばん》の前《まえ》でサングラスにフェイスマスクの男性《だんせい》――ウサギさんを取《と》り囲《かこ》むようにして立《た》った。

ウサギさんはウサミヨシユキと名乗《なの》った。ぼくは全然《ぜんぜん》知《し》らなかったけれど、美香《みか》ちゃんの話《はなし》によると、彼《かれ》は百万人《ひゃくまんにん》以上《いじょう》のファンを持《も》つ有名《ゆうめい》な動画配信者《どうがはいしんしゃ》らしい。〈まかふしぎぞーん〉というタイトルのチャンネルを開設《かいせつ》し、週《しゅう》に一回《いっかい》のペースでオカルトに関《かん》する動画《どうが》を配信《はいしん》、大好評《だいこうひょう》を得《え》ているそうだ。

ヨシユキの「ヨシ」は「義理《ぎり》」の「義《ぎ》」と書《か》き、苗字《みょうじ》の「ウサミ」と合《あ》わせて〈ウサギさん〉と呼《よ》ばれているんだとか。

「それにしてもよくわかったな。さわがれるのがイヤだったからサングラスとマスクで変装《へんそう》してきたっていうのに」

ウサギさんはサングラスをはずし、美香《みか》ちゃんに顔《かお》を近《ちか》づけながらいった。ひろし君《くん》にひけをとらないくらい色白《いろじろ》だ。切《き》れ長《なが》の目《め》をまっすぐ美香《みか》ちゃんに向《む》ける。美香《みか》ちゃんはほおを赤《あか》らめてうつむいた。

「だってあたし、〈まかふしぎぞーん〉の大《だい》ファンだから。いつも『おい、カメ』ってカメラマンさんのことを呼《よ》んでるじゃないですか。そのしゃべりかたがそっくりだったので……」

美香《みか》ちゃんははにかみながら答《こた》えた。その様子《ようす》から、ウサギさんにどれくらいあこがれているかがよくわかる。

「いつも応援《おうえん》ありがとう。これからもよろしくね」

ウサギさんは美香《みか》ちゃんにウインクをすると、サングラスを再《ふたた》び装着《そうちゃく》した。

「も、もちろんです。一生《いっしょう》、応援《おうえん》し続《つづ》けますから！」

美香《みか》ちゃんは顔《かお》を真《ま》っ赤《か》にしながら、ウサギさんに何度《なんど》も頭《あたま》を下《さ》げた。そんな美香《みか》ちゃんの横《よこ》顔《がお》を、卓郎君《たくろうくん》はつまらなそうにながめている。

「じゃあ、カメ。そろそろ撮影《さつえい》を始《はじ》めようか」

ウサギさんはたけし君《くん》を助《たす》けてくれたお兄《にい》さんのかたをたたいた。

「ああ。まずはスギ林《ばやし》の中《なか》へ入《はい》るシーンからでいいよな？」

ザックを下《お》ろしながらカメさんがいう。彼《かれ》の名前《なまえ》はカメヤマヒデト。ウサギさんとは中学時代《ちゅうがくじだい》からの付《つ》き合《あ》いで、〈まかふしぎぞーん〉の撮影《さつえい》と編集《へんしゅう》を担当《たんとう》している、と美香《みか》ちゃんが教《おし》えてくれた。

「〈立入禁止《たちいりきんし》〉の札《ふだ》は映《うつ》らないようにしといてくれよ。最近《さいきん》、いろいろとうるさいことをいう輩《やから》が多《おお》いからさ」

「ああ、わかってる」

「それから――」

ウサギさんはカメさんに近《ちか》づくと、なにやら小声《こごえ》で耳打《みみう》ちした。みんなには聞《き》こえなかったかもしれないが、ぼくにはウサギさんの声《こえ》がはっきりと届《とど》いた。

あいつらじゃまだからさ、すぐに追《お》いはらってくれ。口止《くちど》めも忘《わす》れるなよ。俺《おれ》だってことが周《まわ》りにバレたら、このあといろいろと面倒《めんどう》だからさ。

あいつらとはぼくたちのことだろう。美香《みか》ちゃんの前《まえ》ではにこにこと笑《わら》っていたけれど、ぼくたちのことをうとんじているのは明《あき》らかだった。

「みんな、ゴメンね」

カメさんはぼくたちの前《まえ》にやってくると、手《て》のひらを顔《かお》の前《まえ》で合《あ》わせて申《もう》し訳《わけ》なさそうな表情《ひょうじょう》をうかべた。

「これから動画《どうが》の撮影《さつえい》なんだ。カメラに映《うつ》るとまずいから、はなれてもらっていいかな？」

「あ……気《き》づかなくてすみません」

美香《みか》ちゃんはぺこりと頭《あたま》を下《さ》げた。

「みんな、ウサギさんのじゃまになっちゃうからもう行《い》こうよ」

足《あし》もとに放《ほう》り出《だ》してあったスノーボードを右手《みぎて》でかかえ、もう片方《かたほう》の手《て》で卓郎君《たくろうくん》の手《て》を引《ひ》っ張《ぱ》る。

「あ、ああ」

卓郎君《たくろうくん》は美香《みか》ちゃんに従《したが》って、その場《ば》からはなれようとした。

「それからもうひとつ。ここにウサギがいるってことがばれると、人《ひと》がたくさん集《あつ》まってきてスキー場《じょう》に迷惑《めいわく》がかかるかもしれないだろう？　だから、ウサギに会《あ》ったことはだまっていてほしいんだ」

「わかりました」

美香《みか》ちゃんは何度《なんど》も何度《なんど》もくり返《かえ》し頭《あたま》を下《さ》げ、

「ずっと応援《おうえん》していますす。これからもがんばってくださいね」

最後《さいご》にそう伝《つた》えると、マロンちゃんをかかえ、卓郎君《たくろうくん》と共《とも》にゲレンデのほうへもどっていった。

「ねえ、ここでどんな撮影《さつえい》をするの？」

たけし君《くん》がカメさんにたずねる。

「それはナイショ」

ひざを曲《ま》げ、たけし君《くん》に視線《しせん》の高《たか》さを合《あ》わせると、カメさんは口《くち》の前《まえ》に人差《ひとさ》し指《ゆび》を立《た》てた。

「早《はや》くしろ。行《い》くぞ」

スギ林《ばやし》に足《あし》をふみ入《い》れながら、ウサギさんがいらだたしげにカメさんを手招《てまね》きする。

「オレんち、碧奥市《へきおし》で〈まんぷく食堂《しょくどう》〉っていうお店《みせ》をやってるんだ。絶品《ぜっぴん》のチャーハンをごちそうするから、いつか来《き》てよね」

自分《じぶん》を助《たす》けてくれたカメさんが人気動画《にんきどうが》チャンネルに関《かか》わっている人物《じんぶつ》だと知《し》って、あわよくばお店《みせ》を紹介《しょうかい》してもらおうと考《かんが》えたのだろう。ちゃっかりしている。

「ああ、わかった。碧奥市《へきおし》の〈まんぷく食堂《しょくどう》〉だね。覚《おぼ》えておくよ。必《かなら》ず行《い》くと約束《やくそく》はできないけど」

「おい、カメ！」

ウサギさんの声《こえ》がますます険《けわ》しくなる。

「じゃあね」

カメさんはぼくたちに手《て》をふると、背中《せなか》から下《お》ろしたザックを右《みぎ》かたにかつぎ直《なお》し、ウサギさんのあとを追《お》って林《はやし》の中《なか》へ入《はい》ろうとした。

と、そのときだ。

〈立入禁止《たちいりきんし》〉の看板《かんばん》が突然《とつぜん》かたむき、カメさんのうでをかすめて雪《ゆき》の上《うえ》にたおれた。

「……え？　なに？」

カメさんはきょとんとした表情《ひょうじょう》で横《よこ》たわった看板《かんばん》を見下《みお》ろす。

次《つぎ》の瞬間《しゅんかん》、目《め》の前《まえ》に積《つ》もった雪《ゆき》の中《なか》から勢《いきお》いよく水《みず》がふき出《だ》し、雨《あめ》のようにぼくらの頭上《ずじょう》へと降《ふ》り注《そそ》いだ。

「きゃっ！」

「ひゃあっ！」

「うわっ！」

みんなは口々《くちぐち》にさけび声《ごえ》をあげ、林《はやし》の前《まえ》からはなれた。ひとことも声《こえ》をあげなかったのはひろし君《くん》くらいだ。

「どうやら人工降雪機《じんこうこうせつき》に接続《せつぞく》されているホースの一部《いちぶ》が破《やぶ》れたようですね」

とめどなくふき出《だ》す水《みず》をながめながら、ひろし君《くん》は冷静《れいせい》に言葉《ことば》をつむいだ。

「人工降雪機《じんこうこうせつき》って？」

ナオちゃんがたずねる。

「大気中《たいきちゅう》に水《みず》を噴射《ふんしゃ》することで、人工的《じんこうてき》に雪《ゆき》を降《ふ》らせる機械《きかい》です。ほら、あそこに設置《せっち》されているでしょう？」

ひろし君《くん》が示《しめ》したのはリフト降《お》り場近《ばちか》くの一角《いっかく》だ。ゲレンデのはしっこに黄色《きいろ》い大砲《たいほう》のようなものが置《お》かれている。太《ふと》い筒《つつ》からふき出《だ》した水《みず》が氷点下《ひょうてんか》の中《なか》、雪《ゆき》に変《か》わって、ゲレンデに降《ふ》り積《つ》もるという仕組《しく》みらしい。

美香《みか》ちゃんは大砲《たいほう》のかげから、こっそりとこちらの様子《ようす》をうかがっていた。いったんはここからはなれたものの、大《だい》ファンであるウサギさんのことが気《き》になって仕方《しかた》がないのだろう。ぼくたちがそちらに目《め》をやったことに気《き》がついて、あわててしゃがみこむ。

そんな美香《みか》ちゃんに気《き》づいているのかいないのか、

「地球温暖化《ちきゅうおんだんか》の影響《えいきょう》で年々《ねんねん》、降雪量《こうせつりょう》は減《へ》っています。気温《きおん》の下《さ》がった夜中《よなか》に人工降雪機《じんこうこうせつき》を使《つか》って雪《ゆき》を降《ふ》らせ、僕《ぼく》たちが快適《かいてき》に遊《あそ》べるようにしてくださっているのでしょう」

ひろし君《くん》は表情《ひょうじょう》ひとつ変《か》えずにそう説明《せつめい》した。

「人工降雪機《じんこうこうせつき》に水《みず》を送《おく》るためのホースが林《はやし》の前《まえ》にうまっていて、それがなんらかの理由《りゆう》で破《やぶ》れてしまったってわけか」

たけし君《くん》がぬれた顔《かお》をぬぐいながらいう。雪《ゆき》にうもれたり、水《みず》をかぶったり、さっきからたけし君《くん》は散々《さんざん》な目《め》にあってばかりだ。

「君《きみ》たち、大丈夫《だいじょうぶ》かい？」

異常《いじょう》に気《き》づいたのか、リフト降《お》り場《ば》からスキー場《じょう》スタッフふたりがあわてた様子《ようす》で走《はし》ってくる。

「先週《せんしゅう》、ホースを替《か》えたばかりだっていうのに、どうしてこんなことに？」

「早《はや》く元栓《もとせん》を閉《し》めるんだ」

あたふたと作業《さぎょう》を始《はじ》めたスキー場《じょう》スタッフを横目《よこめ》で見《み》ながら、スギ林《ばやし》のほうへ顔《かお》を向《む》ける。さっきまでそこにいたはずのウサギさんとカメさんはもうどこにも見当《みあ》たらなかった。騒動《そうどう》に巻《ま》きこまれるのをさけるため、どこかへかくれたにちがいない。

林《はやし》の奥《おく》へ行《い》ったのではないかと思《おも》い、目《め》をこらす。

人《ひと》かげが動《うご》いた。

ウサギさんとカメさんのどちらかかと思《おも》ったがそうではない。長《なが》い黒髪《くろかみ》、つぶらなひとみ——そこにいたのは中学生《ちゅうがくせい》くらいの女《おんな》の子《こ》だった。なぜかセーラー服《ふく》を身《み》に着《つ》けている。

……え？　どうして？

ぼくはまばたきをくり返《かえ》した。

ここはスキー場《じょう》だよ。そんな格好《かっこう》で寒《さむ》くないの？

前《まえ》あしで目《め》をこすり、もう一度《いちど》女《おんな》の子《こ》のいたほうへ視線《しせん》を向《む》けたが、彼女《かのじょ》の姿《すがた》はもうどこにもなかった。

# 6 ロビーでばったり

そのうち雪《ゆき》が降《ふ》ってくるかもしれない、と告《つ》げたひろし君《くん》の天気予報《てんきよほう》は正《ただ》しかった。スギ林《ばやし》の前《まえ》で思《おも》いがけず噴水《ふんすい》を浴《あ》び、ぼくたちがびしょぬれになった直後《ちょくご》、空《そら》には急速《きゅうそく》に灰色《はいいろ》の雲《くも》が広《ひろ》がり、あれよあれよという間《ま》に雪《ゆき》が降《ふ》り始《はじ》めたのだ。

それでもしばらくの間《あいだ》はみんな雪遊《ゆきあそ》びを楽《たの》しんでいたが、次第《しだい》に雪《ゆき》の勢《いきお》いが強《つよ》くなり、一《いち》メートル先《さき》さえ見《み》えない状況《じょうきょう》となったため、やむを得《え》ずホテルへもどることとなった。

ホテルは十階建《じっかいだ》て。最頂部《さいちょうぶ》は大《おお》きな三角屋根《さんかくやね》となっている。外壁《がいへき》も屋根《やね》もすべて真《ま》っ白《しろ》にペイントされていて、まるで童話《どうわ》に出《で》てくるお城《しろ》みたいな外観《がいかん》だ。

急激《きゅうげき》に気温《きおん》が下《さ》がったため、みんなとても寒《さむ》そうだった。雪《ゆき》にうもれた上《うえ》に水《みず》びたしになったたけし君《くん》は、ガチガチと歯《は》を鳴《な》らしながらふるえている。

地下《ちか》のロッカールームにスキーやスノーボード用品一式《ようひんいっしき》を置《お》くと、ひろし君《くん》たちはスリッパにはきかえてロビーへと向《む》かった。

ロビーは暖房《だんぼう》が効《き》いていて春《はる》のように暖《あたた》かい。寒《さむ》さに強《つよ》いぼくはふぶきの中《なか》でもへっちゃらだったけど、やっぱり寒《さむ》いよりは暖《あたた》かいほうがほっとする。

チェックインの手続《てつづ》きは昼間《ひるま》にすませておいたので、イズミさんがいなくてもなんの問題《もんだい》もなかった。卓郎君《たくろうくん》とひろし君《くん》がフロントにルームキーを受《う》け取《と》りに行《い》っている間《あいだ》、ぼくはナオちゃんにだかれながらロビーのあちこちを観察《かんさつ》した。

ぼくの右《みぎ》どなりにはマロンちゃん。美香《みか》ちゃんのうでの中《なか》ですやすやとねむっている。初《はじ》めて見《み》る雪《ゆき》にはしゃぎすぎてつかれたのだろう。

ナオちゃんと美香《みか》ちゃんはフロント前《まえ》に置《お》かれたふかふかのソファに座《すわ》っていた。ソファの奥《おく》には大《おお》きな暖炉《だんろ》があり、パチパチと音《おと》を立《た》てながら炎《ほのお》がゆれている。

たけし君《くん》は暖炉《だんろ》の前《まえ》に陣取《じんど》り、テーブルの上《うえ》に置《お》いてあった木製《もくせい》のパズルに取《と》り組《く》んでいた。「にち」から「ど」まで曜日《ようび》が印刷《いんさつ》された七《なな》つの木片《もくへん》を土台《どだい》にはめこみ、正《ただ》しい文章《ぶんしょう》を作《つく》らなければいけないらしい。眉間《みけん》に寄《よ》ったしわを見《み》る限《かぎ》り、かなり悪戦苦闘《あくせんくとう》しているようだ。

壁《かべ》にはこのあたりで撮影《さつえい》された四季折々《しきおりおり》の風景写真《ふうけいしゃしん》が何枚《なんまい》もかざってある。今《いま》は真《ま》っ白《しろ》な雪化粧《ゆきげしょう》をほどこしている占見山《うらみやま》だが、夏《なつ》や秋《あき》にはまったくちがう顔《かお》を見《み》せるらしい。

天井《てんじょう》からは豪華《ごうか》なシャンデリアがぶら下《さ》がっていた。そこだけ見《み》つめていると、自分《じぶん》が外国映画《がいこくえいが》の中《なか》にでもいるような錯覚《さっかく》におちいってしまう。

# [redacted]ようび[redacted]
# とぞう[redacted]とあぼ[redacted]
# [redacted]う

## げつ　か　すい　もく
## きん　ど　にち

　心地《ここち》よい暖《あたた》かさに、だんだんまぶたが重《おも》くなってきた。大《おお》きなあくびをひとつもらしたところで、

「……あれ？　もしかしてナオさん？」

　聞《き》き覚《おぼ》えのある声《こえ》が耳《みみ》に届《とど》いた。反射的《はんしゃてき》にしっぽが左右《さゆう》にゆれる。

　ナオちゃんと美香《みか》ちゃんが同時《どうじ》に声《こえ》のしたほうを向《む》いた。

「あら、美香《みか》さんも。ということは、ひろし君《くん》、卓郎君《たくろうくん》、たけし君《くん》——いつものメンバーもいっしょだったりするの？」

　そういって笑《わら》ったのはハルナ先生《せんせい》だった。

　クマのイラストがえがかれたトレーナーに無《む》地《じ》のスウェットパンツというラフな格好《かっこう》だ。手《て》にはバスタオルとポーチを持《も》っている。

「先生《せんせい》！　どうしてこんなところに？」

美香《みか》ちゃんがおどろいた表情《ひょうじょう》でたずねる。

「毎年《まいとし》、この時期《じき》は必《かなら》ずここにとまっているの」

ハルナ先生《せんせい》の声《こえ》はずいぶんとはずんでいた。

「スキー？　スノボ？」

「どっちもやったことないわよ。先生《せんせい》、スポーツはあんまり得意《とくい》じゃないから」

「え？　じゃあ、なにしにここへ？」

当然《とうぜん》の疑問《ぎもん》をナオちゃんが口《くち》にした。

「毎年《まいとし》このホテルでは、スキー場《じょう》のオープンに合《あ》わせて、セントラルガーデンで屋外《おくがい》イベントが行《おこな》われるの。今年《ことし》は明日《あした》の午後六時《ごごろくじ》からの開催《かいさい》よ」

「あ、そのイベントなら知《し》ってる。地元《じもと》の人《ひと》たちがコーラスやダンスを披露《ひろう》するんだよね。去年《きょねん》は特別《とくべつ》ゲストとして〈がんばるんば〉が来《き》たんじゃなかったっけ？」

美香《みか》ちゃんの質問《しつもん》にハルナ先生《せんせい》はうなずいた。

「今年《ことし》のゲストはだれなの？」

「マオママチゲンノウ」

ハルナ先生《せんせい》はいきなり呪文《じゅもん》みたいな言葉《ことば》を告《つ》げた。それがゲストの名前《なまえ》だとわかるまでには数《すう》秒《びょう》の時間《じかん》を要《よう》した。

「マオマチ……知《し》らないなあ」

美香《みか》ちゃんが首《くび》をひねる。ナオちゃんはおどろいたような表情《ひょうじょう》をハルナ先生《せんせい》に向《む》けたから、マオマチ——舌《した》をかみそうになるその人《ひと》のことを知《し》っているのかもしれない。

「最近《さいきん》デビューした芸人《げいにん》さん？　先生《せんせい》はその人《ひと》のファンなの？」

美香《みか》ちゃんの質問《しつもん》を、先生《せんせい》は否定《ひてい》した。

「ちがうちがう。ゲストが目的《もくてき》じゃないわよ」

「じゃあ、なんで？」

「はずかしいから今《いま》までだまってたけどね……実《じっ》は先生《せんせい》、コーラスサークルに入《はい》ってるの」

「え……ってことは先生《せんせい》、明日《あした》のイベントに出《しゅつ》演《えん》するのお？」

ナオちゃんが目《め》を丸《まる》くしながらたずねる。先生《せんせい》は首《くび》をすくめ、「うん」と小声《こごえ》で答《こた》えた。

「すごいすごい！　ナオ、絶対《ぜったい》に観《み》るね！」

「ありがとう。みんなに観《み》られたら緊張《きんちょう》しちゃうけど、もっともっとがんばれそう」

「緊張《きんちょう》しすぎて失敗《しっぱい》とかしないでよ」

そういってハルナ先生《せんせい》のかたをたたいたのはハルナ先生《せんせい》の友人《ゆうじん》――マツエさんだった。

マツエさんは碧奥市立図書館《へきおしりつとしょかん》で司書《ししょ》をしている。ぼくたちも一度《いちど》、顔《かお》を合《あ》わせたことがあり、知《し》らない仲《なか》ではない。確《たし》か〈わくわくサーカス団《だん》〉の公演《こうえん》にも来《き》ていたはずだけど、そこでは直接顔《せつかお》を合《あ》わせることがなかったので、ひさしぶりの再会《さいかい》だ。

「みんな、元気《げんき》そうね」

マツエさんは屈託《くったく》ない笑《え》みをぼくたちに向《む》けた。ハルナ先生《せんせい》と同《おな》じように全身《ぜんしん》スウェットのラフな格好《かっこう》をしている。

「もしかして、マツエさんもコーラスサークルのメンバーなんですか？」

美香《みか》ちゃんの問《と》いにマツエさんはかぶりをふった。

「まさか。あたし、ハルナとちがって音痴《おんち》だから。ハルナがひとりじゃ心細《こころぼそ》いっていうから毎年《まいとし》、付《つ》き合《あ》ってあげてるの」

「今年《ことし》はマツエだけじゃなくて、ユズキもいるからさらに心強《こころづよ》いわ」

ハルナ先生《せんせい》がうれしそうにいう。

「ユズキちゃんも来《き》てるの？」

ナオちゃんがソファから身《み》を乗《の》り出《だ》した。

「そうなんだけど……急《きゅう》に熱《ねつ》を出《だ》しちゃって。今《いま》は部屋《へや》で休《やす》んでるわ」

「え——大丈夫《だいじょうぶ》かな？」

ナオちゃんは心配《しんぱい》そうにまゆをひそめる。

「朝《あさ》からゲレンデではしゃいでたから、たぶんちょっとつかれちゃったんじゃないかしら」

ユズキちゃんは二十年間《にじゅうねんかん》、病院《びょういん》の地下室《ちかしつ》に閉《と》じこめられていた。雪《ゆき》を見《み》るのはひさしぶりだったのだろう。もしかしたらスキー場《じょう》へやってきたのも、生《う》まれて初《はじ》めてだったかもしれない。はしゃぎたくなるのは当然《とうぜん》だ。

「お昼《ひる》ご飯《はん》を食《た》べてるときに、具合《ぐあい》が悪《わる》くなったみたいでね……微熱《びねつ》だから心配《しんぱい》ないとは思《おも》うけど」

ぼくたちがスキー場《じょう》にやってきたのはお昼《ひる》すぎだったから、ハルナ先生《せんせい》たちとは入《い》れちがいになったのだろう。

「みなさん、お待《ま》たせしました」

「だれかと楽《たの》しそうにしゃべってるなと思《おも》ったら、ハルナ先生《せんせい》だったのか」

ナオちゃん、美香《みか》ちゃん、ハルナ先生《せんせい》、マツエさん――女性四人《じょせいよにん》がおしゃべりに夢中《むちゅう》になっているところへひろし君《くん》と卓郎君《たくろうくん》が合流《ごうりゅう》する。暖炉《だんろ》の前《まえ》でパズルを続《つづ》けているたけし君《くん》を合《あ》わせれば、大人二名《おとなにめい》、子供六名《こどもろくめい》。客室《きゃくしつ》で寝《ね》ているユズキちゃんも加《くわ》えれば、このホテルに九名《きゅうめい》の知《し》り合《あ》いが集《あつ》まったことになる。プラス犬《いぬ》が二匹《にひき》。にぎやかな夜《よる》になりそうだ。

いや、九名《きゅうめい》じゃない。もうひとりいた。イズミさんだ。

動画配信者《どうがはいしんしゃ》の有名人《ゆうめいじん》に出会《であ》ったり、頭《あたま》から水《みず》をかぶったり、いろんなことがあったから今《いま》の今《いま》まですっかり忘《わす》れていたが、イズミさんはどこへ行《い》ったのだろう？

イズミさんがスマホに打《う》ちこんでいた〈ジョー〉なる人物《じんぶつ》へのメッセージ。イズミさんがメサイアの手下《てした》かもしれないことを一刻《いっこく》も早《はや》くひろし君《くん》に伝《つた》えなければならなかった。

「まさかハルナ先生《せんせい》がいらっしゃるとは思《おも》いませんでした」

「それはこっちの台詞《せりふ》よ。まさか君《きみ》たちがこのホテルにとまっているなんて」

「イズミさんに招待《しょうたい》していただきました」

「イズミさんって……ペットショップの？　あなたたち、そんなにも仲《なか》がよかったのね。知《し》らなかったわ」

しかし、ひろし君《くん》はハルナ先生《せんせい》との会話《かいわ》を続《つづ》けていて、なかなか口《くち》をはさむチャンスがない。

「先生《せんせい》は明日《あした》、ホテルのセントラルガーデンで開催《かいさい》されるイベントに出演《しゅつえん》して歌《うた》を歌《うた》うんだって」

ナオちゃんがひろし君《くん》に説明《せつめい》する。

「イベント……ああ、毎年《まいとし》、スキー場《じょう》のオープン時《じ》に行《おこな》われる行事《ぎょうじ》ですね。ハルナ先生《せんせい》も出《で》られるのですか。それはすごい。確《たし》かマオマチゲンノウ氏《し》も出演《しゅつえん》されるのですよね？」

「ひろし。その芸人《げいにん》さんのこと知《し》ってるの？」

美香《みか》ちゃんがきく。

「芸人《げいにん》？　ちがいますよ。ゲンノウさんはオカルトの研究《けんきゅう》をしている民俗学者《みんぞくがくしゃ》です」

「オカルト？　どうしてそんな人《ひと》がここに？」

首《くび》をひねる美香《みか》ちゃんに、

「ああ――このスキー場《じょう》、悪霊《あくりょう》が出《で》るっていううわさがあるからそれに関係《かんけい》してるんじゃないかな？」

そう答《こた》えたのはマツエさんだった。

# 7 迷《ま》い《よ》の森《もり》

ハルナ先生《せんせい》らと別《わか》れたぼくたちはエレベーターに乗《の》りこみ、七階《ななかい》へと向《む》かった。

702号室《ごうしつ》が男《おとこ》の子《こ》の部屋《へや》、703号室《ごうしつ》が女《おんな》の子《こ》の部屋《へや》だ。

イズミさんの部屋《へや》は701号室《ごうしつ》。ひろし君《くん》がフロントで確認《かくにん》したところ、イズミさんはすでに部屋《へや》にもどっているらしい。卓郎君《たくろうくん》のスマホから〈全員《ぜんいん》、無事《ぶじ》に帰《かえ》ってきました〉とイズミさんあてにメッセージを送《おく》ったが、返事《へんじ》はなかなか返《かえ》ってこないようだ。

夕食《ゆうしょく》の時間《じかん》になったらまた合流《ごうりゅう》しようと約束《やくそく》して、女《おんな》の子《こ》たちとはいったん別《わか》れ、ぼくはひろし君《くん》にだかれたまま、702号室《ごうしつ》へと入《はい》った。

「うわあ」

とたんにたけし君《くん》の目《め》がかがやく。

三人《さんにん》いっしょに寝《ね》てもまだ余裕《よゆう》がありそうな巨大《きょだい》ベッドが三《みっ》つ並《なら》んでいる。その横《よこ》にもうひとつ、見《み》るからにやわらかそうなクッションが用意《ようい》されていた。

「タケル君《くん》のベッドも用意《ようい》されていますね」

そういって、ひろし君《くん》はクッションの上《うえ》にぼくを下《お》ろした。

え？　これがぼくのベッド？

心地《ここち》よいはだざわりの生地《きじ》がぼくをやさしく包《つつ》みこむ。ぽかぽか温《あたた》かいし、なんだか太陽《たいよう》のようないいにおいがした。気持《きも》ちよすぎてこのままねむってしまいそうだ。

ベッドに寝《ね》そべりながら室内《しつない》を見《み》わたす。天井《てんじょう》と壁《かべ》はライムグリーン一色《いっしょく》で統一《とういつ》されていた。まるで大自然《だいしぜん》の中《なか》にいるみたいだ。部屋《へや》の奥《おく》は、天井《てんじょう》から床《ゆか》まで大《おお》きな窓《まど》ガラスがはまっている。天気《てんき》がよければきっと素敵《すてき》な景色《けしき》がながめられるのだろうが、今《いま》は激《はげ》しく降《ふ》り続《つづ》く雪《ゆき》でなにも見《み》えない。

「うひょおっ！」

たけし君《くん》が奇声《きせい》をあげながらベッドに飛《と》び乗《の》った。大《だい》の字《じ》になって寝転《ねころ》がりぴょんぴょんとはねる。そんなたけし君《くん》を横目《よこめ》に、卓郎君《たくろうくん》とひろし君《くん》はスノーウェアをぬいで着《き》がえ始《はじ》めた。

「たけしも早《はや》く着《き》がえろよ。ウェア、まだぬれたままだろう？」

卓郎君《たくろうくん》にそういわれ、たけし君《くん》は冬眠《とうみん》から目覚《めざ》めたクマみたいにのっそりと動《うご》き始《はじ》めた。

ベッドの上《うえ》からみんなの着《き》がえを観察《かんさつ》する。ひろし君《くん》はぬいだウェアのしわをていねいにのばしたあと、ハンガーにかけていた。下着《したぎ》はきっちり折《お》りたたんでビニール袋《ぶくろ》の中《なか》へ。実《じつ》に几帳面《きちょうめん》だ。

対照的《たいしょうてき》なのはたけし君《くん》。ぬいだウェアはベッドの上《うえ》に放《ほう》り出《だ》したまま。下着《したぎ》はくしゃくしゃに丸《まる》めてスポーツバッグにつめこんでいる。

卓郎君《たくろうくん》はぬいだスノーウェアのことよりも帽子《ぼうし》で乱《みだ》れた髪型《かみがた》が気《き》になっているようだ。さっきからずうっと鏡《かがみ》をのぞきこんでいた。

ひととおり身支度《みじたく》を整《ととの》え終《お》わると、家《いえ》から持《も》ってきたペットボトルのドリンクとおかしをつまみながら、今日《きょう》の話《はなし》で盛《も》り上《あ》がる。一番《いちばん》の話題《わだい》はやはり、ウサギさんに出会《であ》ったことだった。

「まさか雪《ゆき》にうまったところを、ウサギさんに助《たす》けてもらうなんてな。美香《みか》、ウサギさんの大《だい》ファンだから、おまえのことものすごくうらやましがってたぞ」

ポテトチップスをほおばりながら卓郎君《たくろうくん》がいう。

「助《たす》けてくれたのはウサギさんじゃなくてカメさんのほうだけどね。……ってなに？　オレ、よく知《し》らないけど、ウサギさんってそんなに有名人《ゆうめいじん》なの？」

「実《じつ》は俺《おれ》も全然《ぜんぜん》くわしくない。かなりのイケメンだから、昔《むかし》から女性《じょせい》ファンがたくさんいるって話《はなし》だ。その上《うえ》、最近《さいきん》はオカルトブームだからな。ブルーデーモンの話題《わだい》を動画《どうが》で何度《なんど》も紹介《しょうかい》して、一躍人気者《いちやくにんきもの》になったらしいぞ」

「くわしくないっていいながら、いろんなこと知《し》ってるじゃん」

「それは……美香《みか》があいつのファンだからさ」

卓郎君《たくろうくん》は口《くち》をとがらせ、面白《おもしろ》くなさそうな表情《ひょうじょう》をうかべた。

「ナオキもウサギさんの動画《どうが》が好《す》きでよく観《み》てるみたいだぜ」

「あいつ、幽霊《ゆうれい》とか超能力《ちょうのうりょく》とか、そういう話《はなし》になるとたんに目《め》の色《いろ》が変《か》わるもんね」

ナオキというのは巨大迷宮《きょだいめいきゅう》〈サスペンス・ラビリンス〉で起《お》こった事件《じけん》をきっかけにみんなと仲良《なかよ》くなった西部小学校《せいぶしょうがっこう》の男《おとこ》の子《こ》だ。事件《じけん》のあとも何度《なんど》か〈まんぷく食堂《しょくどう》〉に集《あつ》まり、ブルーデーモンに関《かん》する情報《じょうほう》を交換《こうかん》し合《あ》っているらしい。

今回《こんかい》のスキー旅行《りょこう》にさそおうかという話《はなし》も出《で》ていたそうだけど、イズミさんとナオキ君《くん》はまだ一度《いちど》も顔《かお》を合《あ》わせたことがなかったし、イズミさんの車《くるま》に子供六人《こどもろくにん》と犬二匹《いぬにひき》が乗《の》るのはさすがに無理《むり》だろうということになり、結局《けっきょく》、今回《こんかい》はさそうのを見合《みあ》わせたらしい。

「じゃあ、ウサギさんに会《あ》ったって話《はなし》をしたら、ナオキのヤツ、きっとくやしがるだろうな」

たけし君《くん》が意地《いじ》の悪《わる》い笑《え》みをうかべたそのとき、

「なに？　あなたたち、ウサギさんに会《あ》ったの？」

入《い》り口《ぐち》のとびらが勢《いきお》いよく開《ひら》き、イズミさんが部屋《へや》の中《なか》に飛《と》びこんできた。万《まん》が一《いち》のことを考《かんが》えて、子供《こども》たちの部屋《へや》のキーをひとつずつイズミさんにあずけておいたのだ。

「うわ、びっくりした。ノックくらいしてよ」

とたけし君《くん》が胸《むね》をおさえる。

「ああ、ゴメン。部屋《へや》にもどったあと、ベッドがふかふかであまりにも気持《きも》ちいいもんだからちょっとうとうとしちゃって。卓郎君《たくろうくん》からメッセージが届《とど》いていることに気《き》づいてあわてて来《き》たってわけ。このあと六時《ろくじ》から十階《じっかい》のレストランで晩《ばん》ご飯《はん》だから、おくれないでね。タケルのご飯《はん》もちゃんと用意《ようい》されているそうよ」

みんなといっしょにご飯《はん》を食《た》べられるのはうれしい。ぼくはしっぽをぱたぱたとふった。

「それで？　ウサギさんの話《はなし》、もっとくわしく聞《き》かせてちょうだい」

イズミさんはベッドの上《うえ》に放《ほう》り出《だ》してあったたけし君《くん》のスノーウェアをおしのけると、そこに座《すわ》ってみんなのほうへ身《み》を乗《の》り出《だ》した。

「イズミさんは僕《ぼく》たちと別《わか》れたあと、なにをしていたのですか？」

イズミさんの質問《しつもん》には答《こた》えず、逆《ぎゃく》にひろし君《くん》が問《と》いかける。

「リフト降《お》り場《ば》近《ちか》くのスギ林《ばやし》に向《む》かってイズミさんのものらしき足《あし》あとが残《のこ》っていましたけど」

さすがひろし君《くん》。ぼくがわざわざ伝《つた》えなくても、イズミさんの奇妙《きみょう》な行動《こうどう》にはとっくに気《き》づいていたらしい。

「よくわかったわね。あたし、スギ林《ばやし》の中《なか》を探検《たんけん》していたの」

イズミさんは悪《わる》びれる様子《ようす》もなくさらりと答《こた》えた。

「探検《たんけん》って……なにか探《さが》していたのですか？」

「マリア」

ひろし君《くん》の質問《しつもん》にイズミさんはにやりと笑《わら》って答《こた》えた。

「あの林《はやし》、ロープが張《は》られているだけじゃなく、〈立入禁止《たちいりきんし》〉って書《か》かれた大《おお》きな看板《かんばん》まで立《た》てられていたでしょう？　しかも〈林《はやし》の中《なか》でなにがあっても、当《とう》スキー場《じょう》はいっさいの責任《せきにん》を負《お》いません〉とまで書《か》いてあった。どうしてだかわかる？」

「雪《ゆき》が深《ふか》くて危険《きけん》だからじゃないの？」

たけし君《くん》がいう。

「実際《じっさい》にオレ、危《あぶ》ない目《め》にあったし」

「それだけじゃないの。あのスギ林《ばやし》は地元《じもと》の人《ひと》たちから〈迷《まよ》いの森《もり》〉と呼《よ》ばれていて、昔《むかし》から何《なん》人《にん》も行方不明者《ゆくえふめいしゃ》が出《で》ているんだって」

「……林《はやし》の中《なか》に入《はい》ったら道《みち》に迷《まよ》っちゃうってこと？」

「そう。あそこには悪霊《あくりょう》がすみついていて、林《はやし》の中《なか》に迷《まよ》いこんだ人《ひと》の方向感覚《ほうこうかんかく》をさらにくるわせて殺《ころ》しちゃうっていううわさがあるの」

たけし君《くん》が一気《いっき》に青《あお》ざめた。

「まさか……そんな」

卓郎君《たくろうくん》は鼻《はな》を鳴《な》らして笑《わら》ったが、その表情《ひょうじょう》はこわばっている。ひろし君《くん》はだまってイズミさんの話《はなし》の続《つづ》きを待《ま》っているようだった。悪霊《あくりょう》なんているわけがない、といいたいところだけれど、ぼくたちはこれまでにさんざん不思議《ふしぎ》な出来事《できごと》に遭遇《そうぐう》してきたから、あからさまに否定《ひてい》もできないのだろう。

「ホントよ。あたしも危《あや》うく死《し》にかけ——」

イズミさんはそこで言葉《ことば》を止《と》め、せきばらいをひとつしたあと、

「悪霊《あくりょう》の姿《すがた》を実際《じっさい》に見《み》たって人《ひと》の証言《しょうげん》もあるくらいなんだから」

そういい直《なお》した。

「中学生《ちゅうがくせい》くらいの女《おんな》の子《こ》があの林《はやし》の中《なか》で何度《なんど》も目撃《もくげき》されてるの」

……え？

ぼくは思《おも》わず立《た》ち上《あ》がった。

「その女《おんな》の子《こ》と会話《かいわ》を交《か》わしたって人《ひと》もいるみたい。その子《こ》はマリアという名前《なまえ》で十年前《じゅうねんまえ》に林《はやし》の中《なか》で遭難《そうなん》して死《し》んじゃったんだって」

「うそ、うそ。そんなことあるわけないよ」

顔《かお》をひきつらせながらたけし君《くん》は首《くび》を横《よこ》にふる。

「みんなをびっくりさせようと思《おも》ってそんなでたらめをいっただけだろ？」

「でも調《しら》べてみると、十年前《じゅうねんまえ》にマリアって女《おんな》の子《こ》が占見山近《うらみやまちか》くでいなくなって、今《いま》もまだ行方不明《ゆくえふめい》のままなんだよね」

「だから、その事件《じけん》のことを知《し》っているだれかがふざけてやったんじゃないの？」

たけし君《くん》は意地《いじ》でも幽霊《ゆうれい》の存在《そんざい》を認《みと》めたくないようだ。

「遺体《いたい》をだれにも見《み》つけてもらえなくてさみしいのかな？　友達《ともだち》がほしくて、通《とお》りかかった人《ひと》たちを林《はやし》の中《なか》へ引《ひ》きずりこもうとしているのかもね」

「よかったな、たけし」

卓郎君《たくろうくん》がたけし君《くん》のかたをたたく。

「ウサギさんたちに助《たす》けてもらっていなかったら、雪《ゆき》の中《なか》に引《ひ》きずりこまれて……今《いま》ごろ、マリアの仲間《なかま》になっていたかもしれねえぞ」

「お、おそろしいことをいうなよ。オレ、もうあの林《はやし》に近《ちか》づけないじゃないか」

こわがるたけし君《くん》のことを、卓郎君《たくろうくん》もイズミさんも笑《わら》って見《み》ているが、ぼくはそんなのんきな気分《きぶん》ではいられなかった。

いきなりたおれた立《た》て看板《かんばん》。勢《いきお》いよくふき出《だ》した水《みず》。林《はやし》の前《まえ》では奇妙《きみょう》なことが立《た》て続《つづ》けに起《お》こったのだ。

そして、林《はやし》の奥《おく》に見《み》えた女《おんな》の子《こ》の人《ひと》かげ。

雪深《ゆきぶか》い林《はやし》の中《なか》にセーラー服姿《ふくすがた》の女《おんな》の子《こ》なんているはずがない。

もしかして、あの女《おんな》の子《こ》がマリアちゃんだったのだろうか？

# 8 展望《てんぼう》レストランにて

午後六時《ごごろくじ》。

ホテル最上階《さいじょうかい》の展望《てんぼう》レストラン。

ひろし君《くん》たちは丸《まる》テーブルを五人《ごにん》でかこみ、ビュッフェ形式《けいしき》の食事《しょくじ》を楽《たの》しんでいる。

ぼくはひろし君《くん》の足《あし》もとに置《お》かれた犬用《いぬよう》テーブルをはさんでマロンちゃんと向《む》かい合《あ》わせになり、色《いろ》とりどりの具材《ぐざい》が入《はい》った特別《とくべつ》ディナーを味《あじ》わっている最中《さいちゅう》だ。ブタ肉《にく》の入《はい》ったロールキャベツも肉団子《にくだんご》のスープも絶品《ぜっぴん》。一番《いちばん》のごちそうはトリ肉《にく》と野菜《やさい》のチーズあえだった。ささみにつめこまれた小粒《こつぶ》のドッグフードが絶妙《ぜつみょう》な味《あじ》わいを引《ひ》き出《だ》している。

あまりのおいしさにガツガツ食《た》べそうになるが、マロンちゃんの前《まえ》だ――ゆっくり上品《じょうひん》に食《た》べながら、みんなの話《はなし》に耳《みみ》をかたむける。

話題《わだい》の大半《たいはん》は〈迷《まよ》いの森《もり》〉の悪霊《あくりょう》についてだった。

「看板《かんばん》が勝手《かって》にたおれたり、水《みず》がふき出《だ》したり……やっぱりあのスギ林《ばやし》、普通《ふつう》じゃないよね」

ナポリタンをフォークの先《さき》に巻《ま》きながら美香《みか》ちゃんが口《くち》を開《ひら》く。

「料理《りょうり》を選《えら》んでいるとき、となりにいたお客《きゃく》さんが話《はな》してるのを聞《き》いちゃったんだけど、ほかにもいろいろとおかしなことがあったみたい」

「おかしなことって？」

からあげをほおばっていたナオちゃんが身《み》を乗《の》り出《だ》した。

「〈迷《まよ》いの森《もり》〉のうわさはかなり広《ひろ》まっているみたいで、ペアリフトを降《お》りたあと、興味本位《きょうみほんい》で林《はやし》の前《まえ》まで行《い》く人《ひと》が結構多《けっこうおお》いんだって。で、そのお客《きゃく》さんも林《はやし》の奥《おく》をのぞいてたら、手《て》に持《も》っていたストックがぽっきり折《お》れちゃったとか」

「なんにもしてないのに？」

ピザののったお皿《さら》へとのばした手《て》を止《と》め、まゆをひそめたのは卓郎君《たくろうくん》だ。

「ストックなんてそんな簡単《かんたん》に折《お》れるもんじゃねえだろう？」

「しかも買《か》ったばかりだったらしいよ。その人《ひと》も不思議《ふしぎ》がってた。これはマリアののろいなんじゃないかって」

「またマリアかよ。もうやめようよ、その話《はなし》は」

チャーハンがこんもりと盛《も》られた皿《さら》を手《て》に持《も》ったまま、たけし君《くん》がうんざりしたようにいった。

「そのストック、たぶん不良品《ふりょうひん》だったんだよ。最初《さいしょ》から傷《きず》が入《はい》ってたんだ。そういうことってめずらしくないぜ。うちの店《みせ》でも、買《か》ったばかりのどんぶりにラーメンスープを注《そそ》いだら、いきなりヒビが入《はい》ったことがあったし」

「ナオは悪霊《あくりょう》ののろいだと思《おも》うな。さっきトイレに行《い》ったときに、高校生《こうこうせい》くらいのお姉《ねえ》さんたちがマリアちゃんのうわさ話《ばなし》をしているのを聞《き》いたよ。林《はやし》に近《ちか》づいたら、木《き》の枝《えだ》が急《きゅう》にゆれ始《はじ》めたって。風《かぜ》もふいてないのにおかしい。あれは幽霊《ゆうれい》の仕業《しわざ》にちがいないって」

「それはリスが枝《えだ》の上《うえ》を走《はし》っていったんだな。うん、そうに決《き》まってる」

「そういえば、俺《おれ》も聞《き》いたな」

と卓郎君《たくろうくん》。

「ふざけて林《はやし》の中《なか》へ入《はい》ろうとしたら、急《きゅう》に頭《あたま》が痛《いた》くなって動《うご》けなくなったっていう男《おとこ》の子《こ》の話《はなし》」

「その子《こ》、かぜでもひいてたんじゃないの？」

たけし君《くん》はむきになって幽霊《ゆうれい》の話《はなし》を否定《ひてい》し続《つづ》ける。

みんなの話《はなし》を聞《き》いているのかいないのか、ひろし君《くん》はさっきからだまったままだ。コーンスープを口《くち》に運《はこ》びながら、店内《てんない》を見回《みまわ》している。

なにか気《き》になることでもあるのだろうか？

ぼくはひろし君《くん》のズボンのすそに前《まえ》あしをかけた。こちらを向《む》いたひろし君《くん》に、どうしたの？

と首《くび》をかしげてみせる。

「ウサミさんたちの姿《すがた》が見当《みあ》たりませんね」

スープの入《はい》ったカップをテーブルにもどすと、ひろし君《くん》はぼくに対《たい》する回答《かいとう》をみんなに向《む》かって口《くち》にした。

「ウサミさんって……ああ、ウサギさんのことか。このホテルにとまってるかどうかなんてわかんないだろ？　撮影《さつえい》を終《お》えてすぐに帰《かえ》ったのかもしれないし」

たけし君《くん》がいう。

「先《さき》ほど、卓郎君《たくろうくん》のスマホを借《か》りて、〈まかふしぎぞーん〉の動画《どうが》をいくつか拝見《はいけん》しましたが、動画《どうが》にたびたび登場《とうじょう》するカメヤマさんの愛車《あいしゃ》――〈まかふしぎ号《ごう》〉が今《いま》もまだホテルの駐車場《ちゅうしゃじょう》に停《と》められたままでした」

「それは私《わたし》も気《き》づいてたけど……ひろし、一体《いったい》どうしたの？」

美香《みか》ちゃんがけげんそうにたずねる。

「〈まかふしぎぞーん〉なんて非科学的《ひかがくてき》な内容《ないよう》のチャンネル、ひろしはまったく興味《きょうみ》ないだろうと思《おも》ってたのに。もしかして、ひろしもウサギさんの魅力《みりょく》に気《き》づいちゃった？」

「魅力《みりょく》というか……少々《しょうしょう》、気《き》になることがありまして……」

ひろし君《くん》は言葉《ことば》をにごした。

「ふーん……まあ、こんなところにウサギさんみたいな有名人《ゆうめいじん》が現《あらわ》れたら大《おお》さわぎになっちゃうから、ホテルのスタッフにたのんで、食事《しょくじ》は部屋《へや》に運《はこ》んでもらってるんじゃない？」

「……そういうものでしょうか？」

ひろし君《くん》はナプキンで口《くち》をふき、それ以上《いじょう》なにもしゃべらなくなってしまった。

「あの林《はやし》にはやっぱりなにか得体《えたい》の知《し》れないものがひそんでるね。まちがいないと思《おも》う」

となりのテーブルからイズミさんの力説《りきせつ》が聞《き》こえてくる。

「あたし、子供《こども》のころから霊感《れいかん》みたいなものがあって、そういうことはなんとなくわかっちゃうの」

イズミさんの話《はなし》につきあっているのはハルナ先生《せんせい》とマツエさんだ。ユズキちゃんの姿《すがた》は見当《みあ》たらない。まだ熱《ねつ》が下《さ》がらないのだろう。

「林《はやし》の中《なか》に入《はい》って……なにか見《み》たんですか？」

ムラサキ色《いろ》の液体《えきたい》――ワインだろうか？　を口《くち》に運《はこ》びながらマツエさんがたずねる。

「林《はやし》の奥《おく》へと進《すす》んでいったらね……急《きゅう》に胸《むね》が苦《くる》しくなったの。呼吸《こきゅう》がうまくできなくて……このままだと悪霊《あくりょう》におそわれちゃうと思《おも》って、あわてて林《はやし》から抜《ぬ》け出《だ》そうとしたら、こしから下《した》が雪《ゆき》にうまって身動《みうご》きがとれなくなっちゃって。じたばたもがいているうちに大雪《おおゆき》が降《ふ》ってきて視界《しかい》は真《ま》っ白《しろ》になるし、あのときは本当《ほんとう》にもうダメかと思《おも》ったわ」

そう答《こた》えたイズミさんのほっぺたはほんのりピンク色《いろ》になっていた。

「今《いま》ここにいるってことは、なんとかなったんですね？」

「スマホで助《たす》けを呼《よ》んだの。しばらくしたらパトロールの人《ひと》が救出《きゅうしゅつ》に来《き》てくれた。立《た》ち入《い》り禁止《きんし》区域《くいき》に入《はい》ったらダメですよってこっぴどくしかられちゃったけど」

そんなことがあったとは知《し》らなかった。下半身《かはんしん》が雪《ゆき》にうもれた状態《じょうたい》でもがいているイズミさんの姿《すがた》を想像《そうぞう》する。はずかしくてとてもひろし君《くん》たちには話《はな》せなかったのだろう。よっぱらって口《くち》が軽《かる》くなったのか、結局《けっきょく》みんなにばれちゃってるけど。

ハルナ先生《せんせい》はうかない顔《かお》でフルーツののったお皿《さら》を見《み》つめていた。

「ハルナ、ちゃんと食《た》べてる？」

マツエさんが先生《せんせい》の背中《せなか》をたたく。

「部屋《へや》にひとりきりだけど……ユズキ、大丈夫《だいじょうぶ》かな？」

「心配《しんぱい》しすぎだって。熱《ねつ》も下《さ》がったじゃない。明日《あした》の朝《あさ》には元気《げんき》になってるってば」

「そうだといいけど……」

ハルナ先生《せんせい》はサラダをひと口《くち》だけ食《た》べ、小《ちい》さなため息《いき》をついた。

「ユズキ、メロンが大好《だいす》きなんだよね。部屋《へや》に持《も》ってってあげようかな」

「そうだね。テイクアウト用《よう》の容器《ようき》をもらおうか？」

マツエさんはそばを通《とお》りかかったホテルの従業員《じゅうぎょういん》さんを呼《よ》び止《と》め、事情《じじょう》をかんたんに説明《せつめい》した。

「少々《しょうしょう》お待《ま》ちください。すぐにご用意《ようい》しますね」

えくぼがかわいらしい女性《じょせい》の従業員《じゅうぎょういん》さんは礼儀正《れいぎただ》しく頭《あたま》を下《さ》げると、厨房《ちゅうぼう》の奥《おく》へ姿《すがた》を消《け》した。

「あ、そうそう。あんたたち——」

イズミさんが背《せ》もたれによりかかりながら、ひろし君《くん》たちのほうをふり返《かえ》る。

「明日朝《あしたあさ》イチで、あたしは犬《いぬ》ゾリ体験《たいけん》に出《で》かけるけど、あんたたちも行《い》く？」

「もちろん！」

真《ま》っ先《さき》に手《て》をあげたのはたけし君《くん》だった。

「あたしも見《み》てみたい」

「面白《おもしろ》そうだもんね」

続《つづ》けて、美香《みか》ちゃんとナオちゃんが賛同《さんどう》する。となれば、みんなに従《したが》うしかないだろう。卓郎《たくろう》君《くん》とひろし君《くん》は顔《かお》を見合《みあ》わせたあと、仕方《しかた》ないなといった感《かん》じで右手《みぎて》をあげた。

「じゃあ、七時《しちじ》に朝《あさ》ご飯《はん》を食《た》べたら、そのまま出発《しゅっぱつ》するよ。朝《あさ》ご飯《はん》までには出《で》かける準備《じゅんび》を整《ととの》えておいてね」

「——お待《ま》たせしました」

ホテルの従業員《じゅうぎょういん》さんがテイクアウト用《よう》の容器《ようき》を持《も》って現《あらわ》れる。さっきとは別《べつ》の——背《せ》の高《たか》い男性《だんせい》スタッフだ。

「お連《つ》れさまの体調《たいちょう》がすぐれないとうかがいまして、さしでがましいこととは思《おも》いながら、風邪《かぜ》に効《き》く漢方薬《かんぽうやく》もご用意《ようい》させていただきました」

……え？

聞《き》き覚《おぼ》えのある声《こえ》。

ぼくは口《くち》を大《おお》きく開《あ》けて、その男《おとこ》を呆然《ぼうぜん》と見上《みあ》げた。

たぶん、みんなも同《おな》じ表情《ひょうじょう》をうかべていたにちがいない。

そこに立《た》っていたのはクロさんだった。

# 9 湯《ゆ》けむりの向《む》こう側《がわ》

「クロさん……どうしてここに？」

わずかな沈黙《ちんもく》のあと、最初《さいしょ》に口《くち》を開《ひら》いたのはハルナ先生《せんせい》だった。

「僕《ぼく》の本職《ほんしょく》はネイチャーガイドだからね。毎年《まいとし》、冬《ふゆ》になるとここへやってきて、昼間《ひるま》は雪山《ゆきやま》の案《あん》内《ない》、夜《よる》はホテルで働《はたら》かせてもらっているんだ」

空《から》になったお皿《さら》を片《かた》づけながら、くだけた口調《くちょう》でクロさんは答《こた》えた。

「私《わたし》も毎年《まいとし》一回《いっかい》は必《かなら》ず、このホテルにとまっているんですよ。もしかしたら、これまでにも顔《かお》を合《あ》わせたことがあったのかもしれませんね」

ハルナ先生《せんせい》の声《こえ》は心《こころ》なしかはずんでいる。

「僕《ぼく》の仕事《しごと》は部屋《へや》の掃除《そうじ》や設備《せつび》の修繕《しゅうぜん》など裏方《うらかた》が多《おお》いので、おそらく顔《かお》は合《あ》わせていないかな。ハルナさんみたいにキレイな人《ひと》を見《み》かけたら、きっと記憶《きおく》に残《のこ》っていると思《おも》うし」

「え？　なに？　もしかしてそれって告白《こくはく》？　ハルナ、もてるじゃない」

かなりよっぱらっているのか、マツエさんはグラスに残《のこ》っていたムラサキ色《いろ》の液体《えきたい》を一気《いっき》に飲《の》み干《ほ》すと、ハルナ先生《せんせい》の背中《せなか》をバンバンと豪快《ごうかい》にたたいた。ハルナ先生《せんせい》はかたをすくめ、はずかしそうな表情《ひょうじょう》をうかべる。まんざらでもなさそうだ。

クロさんのそばを別《べつ》のウェイターが通《とお》り過《す》ぎていく。

「お連《つ》れ様《さま》の体調《たいちょう》、早《はや》くよくなるとよろしいですね。もし、なにかお困《こま》りのことがありましたら、遠慮《えんりょ》なくフロントまでご連絡《れんらく》ください」

クロさんは姿勢《しせい》を正《ただ》し、再《ふたた》び従業員《じゅうぎょういん》の口調《くちょう》にもどった。

「僕《ぼく》の連絡先《れんらくさき》がまだスマホの中《なか》に残《のこ》っているなら、そっちに連絡《れんらく》してもらったほうが早《はや》いかもね」

ハルナ先生《せんせい》に近《ちか》づいてそう耳打《みみう》ちすると、クロさんはその場《ば》から立《た》ち去《さ》ろうとした。

「あの——」

ハルナ先生《せんせい》がクロさんを呼《よ》び止《と》める。クロさんはゆっくりとこちらをふり返《かえ》った。

「あの……ハロウィンのときは……本当《ほんとう》にありがとうございました。あらためてきちんとお礼《れい》をしなければと思《おも》っていたんですけど、なかなか連絡《れんらく》する勇気《ゆうき》が出《で》なくて……」

そういって、先生《せんせい》は深々《ふかぶか》と頭《あたま》を下《さ》げた。ハロウィンの日《ひ》、ハルナ先生《せんせい》はメサイアの手先《てさき》であるジョーとリリーのコンビにおそわれ、危《あや》うく大《おお》けがをしそうになったところをクロさんに助《たす》けられている。

クロさんはにこりと笑《わら》うと、

「ではまた」

それだけ口《くち》にしてぼくたちの前《まえ》からはなれた。

「なになに？　あんたたち、別《わか》れたんじゃなかったの？　いつの間《ま》によりをもどしたのよ？」

イズミさんが興味津々《きょうみしんしん》な様子《ようす》で身《み》を乗《の》り出《だ》す。さすがは町《まち》の情報屋《じょうほうや》。ハルナ先生《せんせい》とクロさんの関係《かんけい》をある程度《ていど》は把握《はあく》しているらしい。

「ハロウィンってなんの話《はなし》よ？　あたし、なんにも聞《き》いてないんだけど」

マツエさんは先生《せんせい》のわきばらをひじでつつきながらにやにやと笑《わら》っている。

美香《みか》ちゃんとナオちゃんは食事《しょくじ》を続《つづ》けながらも、ハルナ先生《せんせい》たちの会話《かいわ》にしっかり耳《みみ》をかたむけているのがわかった。女《おんな》の子《こ》ってどうして、そういう話《はなし》が大好《だいす》きなんだろう？

マロンちゃんはどうなのかな？　と思《おも》ってちらりと見《み》たら、お腹《なか》がいっぱいになったのか、床《ゆか》にぺたりとうつぶせになってうとうと居《い》ねむりを始《はじ》めていた。今日《きょう》はいっぱい遊《あそ》んだもんね。マロンちゃんの寝顔《ねがお》を見《み》ていたら、ぼくもねむくなってきた。マロンちゃんの背中《せなか》にあごを乗《の》せて重《おも》たくなったまぶたを閉《と》じる。

夢《ゆめ》を見《み》た。

ブルーデーモンにおそわれる夢《ゆめ》だ。

ぼくはブルーデーモンにおしりを向《む》けて逃《に》げ出《だ》そうとしたが、なぜかひろし君《くん》たちはその場《ば》に立《た》ちつくしたままだった。

みんな、どうしたの？　早《はや》く逃《に》げないと食《た》べられちゃうよ！

キャンキャンとほえたてたが、だれも動《うご》こうとしない。

オレ、わかったんだ。

いつも真《ま》っ先《さき》に逃《に》げ出《だ》すはずのたけし君《くん》がにやにやと笑《わら》いながらいう。

わかったってなにが？

化《ば》け物《もの》がこわくなくなる方法《ほうほう》。

たけし君《くん》は答《こた》えた。

……え？　そんな方法《ほうほう》があるの？

ああ、カンタンさ。

そう口《くち》にしたたけし君《くん》の顔《かお》がどろりととけた。青《あお》い液体《えきたい》が全身《ぜんしん》からしたたり落《お》ちる。

オレもブルーデーモンになっちゃえばよかったんだよ。

たけし君《くん》の全身《ぜんしん》はむくむくとふくらみ始《はじ》め、またたく間《ま》にブルーデーモンへと姿《すがた》を変《か》えた。

ひろし君《くん》、大変《たいへん》だよ！　たけし君《くん》が――

そこまでしゃべり、ぼくは続《つづ》く言葉《ことば》をのみこんだ。

ひろし君《くん》も卓郎君《たくろうくん》も美香《みか》ちゃんも――みんな、たけし君《くん》と同《おな》じようにブルーデーモンへと変貌《へんぼう》していく。

永遠《えいえん》の命《いのち》を手《て》に入《い》れたぞ！

卓郎君《たくろうくん》が歓喜《かんき》の声《こえ》をあげる。

ブルーデーモンになるって、こんなに素敵《すてき》なことだったんだ……！

美香《みか》ちゃんのうっとりとした表情《ひょうじょう》。

このからだ……どのような構造《こうぞう》になっているのでしょうか？　実《じつ》に興味深《きょうみぶか》いですね。

ひろし君《くん》は自分《じぶん》のうでを見《み》つめながら、そんな言葉《ことば》を口《くち》にした。

ダメだよ、みんな。しっかりして！

ぼくは大声《おおごえ》でさけんだ。


そこでようやく目《め》が覚《さ》める。

ぼくはひろし君《くん》にだきかかえられた状態《じょうたい》で、エレベーターに乗《の》っていた。遊《あそ》びつかれていたのか、からだをさわられても気《き》づかないくらい熟睡《じゅくすい》していたらしい。

心臓《しんぞう》がドキドキしている。

みんながブルーデーモンになってしまう夢《ゆめ》。

なぜ、そんな夢《ゆめ》を見《み》てしまったのだろう？

部屋《へや》にもどるのかと思《おも》ったら、ひろし君《くん》は五階《ごかい》でエレベーターを降《お》りた。温泉特有《おんせんとくゆう》のにおいが鼻孔《びこう》を刺激《しげき》する。大浴場《だいよくじょう》のあるフロアにやってきたらしい。

『みんなはどこ？』

周《まわ》りに人《ひと》がいないことを確認《かくにん》して、ひろし君《くん》にたずねる。

「先《さき》にお風呂《ふろ》へ行《い》きました」

しんと静《しず》まり返《かえ》った通路《つうろ》を進《すす》みながらひろし君《くん》はいった。

『ひろし君《くん》も今《いま》からお風呂《ふろ》？』

「はい」

『ぼくはどこで待《ま》ってればいい？』

「タケル君《くん》もいっしょに入《はい》れますよ」

ひろし君《くん》は〈家族風呂《かぞくぶろ》〉のプレートがかかったとびらの前《まえ》で立《た》ち止《ど》まった。

「フロントで手続《てつづ》きをしてきました。このホテルの家族風呂《かぞくぶろ》はペット可《か》なんです。ここならタケル君《くん》といっしょにお風呂《ふろ》に入《はい》れます」

え……べつに、そんな気《き》づかいをしてくれなくてもいいのに。

ぼくはあわてた。正直《しょうじき》にいってしまうと、お風呂《ふろ》はあんまり好《す》きじゃない。シャンプーでからだがあわだらけになるのがイヤだし、シャワーの音《おと》も苦手《にがて》だ。なによりもびしょぬれになってたれ下《さ》がった毛《け》がカッコ悪《わる》くて情《なさ》けなくなる。

ひろし君《くん》は脱衣所《だついじょ》に入《はい》ると、ぼくを床《ゆか》に下《お》ろし、服《ふく》をぬぎ始《はじ》めた。色白《いろじろ》のほっそりとしたからだ。でも、きゃしゃというわけではない。胸《むね》やうでにはしっかりと筋肉《きんにく》がついている。

「さあ、行《い》きますよ」

最後《さいご》にメガネをはずすと、ひろし君《くん》はぼくを手招《てまね》きして浴室《よくしつ》へと向《む》かった。本当《ほんとう》はここに寝《ね》そべってひろし君《くん》の帰《かえ》りを待《ま》っていたかったけど、みんなと大浴場《だいよくじょう》に行《い》かず、ぼくのためにわざわざ家族風呂《かぞくぶろ》に来《き》てくれたのだから、ひろし君《くん》のさそいを無下《むげ》に断《ことわ》ることもできない。ぼくは垂《た》れ下《さ》がったしっぽを懸命《けんめい》に奮《ふる》い起《お》こし、ひろし君《くん》のあとに続《つづ》いた。

うわあ。

思《おも》わず声《こえ》がもれる。

目《め》の前《まえ》にどーんとかまえる木製《もくせい》の大《おお》きな浴槽《よくそう》。ヒノキの香《かお》りがただよってくる。洗《あら》い場《ば》は広《ひろ》く、かけっこができそうだ。客室同様《きゃくしつどうよう》、奥《おく》の壁《かべ》は一面《いちめん》がガラス張《ば》りになっていた。雪《ゆき》は小降《こぶ》りになったらしく、外《そと》の景色《けしき》を見通《みとお》すことができる。おどろいたことに、窓《まど》の外《そと》には岩《いわ》で造《つく》られたお風呂《ふろ》まである。

なにこれ？　なにこれ？

自宅《じたく》の浴室《よくしつ》とは全然《ぜんぜん》ちがう。うれしくて勝手《かって》にしっぽが動《うご》き出《だ》した。

「露天風呂《ろてんぶろ》に入《はい》ってみますか？」

ひろし君《くん》はぼくをだきかかえると、窓《まど》の横《よこ》にあるアルミ製《せい》のドアをおし開《あ》けた。

え？　はだかのまま外《そと》に出《で》るの？

ぼくは温《あたた》かな毛《け》で全身《ぜんしん》をおおわれているけれど、ひろし君《くん》にはそれがない。大丈夫《だいじょうぶ》なのだろうか？

建物《たてもの》から飛《と》び出《だ》したベランダのようなスペースに、岩風呂《いわぶろ》が設置《せっち》されている。お風呂《ふろ》の中《なか》には真《ま》っ白《しろ》ににごったお湯《ゆ》が入《はい》っていた。まるでミルクみたいだ。そこから湯気《ゆげ》がもうもうと立《た》ちのぼっている。思《おも》ったほど寒《さむ》くはない。

いつの間《ま》にか雪《ゆき》はやんでいた。ひろし君《くん》と湯船《ゆぶね》につかる。温《あたた》かな毛布《もうふ》にくるまれたような気分《きぶん》になり、思《おも》わず声《こえ》がもれた。そういえばお父《とう》さんも、湯船《ゆぶね》につかったときは必《かなら》ず「ああ」と幸《しあわ》せそうな声《こえ》を出《だ》していたっけ。その気持《きも》ちがなんとなくわかった。

「スキー場《じょう》が見《み》えますよ」

ひろし君《くん》が指差《ゆびさ》した方向《ほうこう》を見《み》る。ゲレンデに設置《せっち》された照明《しょうめい》が光《ひか》っているのか、山《やま》の一部《いちぶ》がずいぶんと明《あか》るい。昼間《ひるま》、ぼくたちが遊《あそ》んだ場所《ばしょ》はどのあたりだろう？

ひろし君《くん》は立《た》ち上《あ》がって、岩風呂《いわぶろ》のはしっこに近《ちか》づく。そこからホテルの庭園《ていえん》——セントラルガーデンを見下《みお》ろすことができた。セントラルガーデンの中央《ちゅうおう》にはステージがあり、数名《すうめい》のホテルスタッフがその周《まわ》りをいそがしそうに動《うご》き回《まわ》っている。明日《あした》の夜《よる》に行《おこな》われるオープニングイベントの準備《じゅんび》をしているのかもしれない。

ぼくは身《み》を乗《の》り出《だ》して、露天風呂《ろてんぶろ》の真下《ました》――セントラルガーデンのはしをのぞきこんだ。赤《あか》いレンガが長方形《ちょうほうけい》の形《かたち》を作《つく》っている。おそらく花壇《かだん》だろう。夏《なつ》にはたくさんの花《はな》が咲《さ》いているのかもしれないが、今《いま》の時期《じき》は雪《ゆき》にうもれてさみしい限《かぎ》りだ。

山《やま》のほうから冷《つめ》たい風《かぜ》がふいてきた。ほてったからだにはとても気持《きも》ちいい。

お風呂《ふろ》ってサイコーだ！

目《め》を閉《と》じて幸《しあわ》せをかみしめる。

このときはまさか、次《つぎ》の日《ひ》にあんなとんでもない出来事《できごと》が起《お》こるだなんて、まったく思《おも》っていなかった。

# 10 ヒグラシの鳴《な》く雪山《ゆきやま》

温《あたた》かいコーンスープが飲《の》みたくてたまらない。

ぐうと情《なさ》けない音《おと》を立《た》てた腹《はら》をなでながら、亀山秀人《かめやまひでと》はそんなことを考《かんが》えた。

だけど、ザックの中身《なかみ》は登山用《とざんよう》のロープに雪《ゆき》かき用《よう》のシャベル——腹《はら》の足《た》しになるようなものはなにもない。

ため息《いき》と共《とも》に宙《ちゅう》を見上《みあ》げる。明《あ》かりは天井《てんじょう》からぶら下《さ》がったはだか電球《でんきゅう》ひとつだけ。それでもないよりはマシだった。電球からはほんのり温かさも感じられる。

亀山《かめやま》は窓《まど》の外《そと》に目《め》をやった。雪《ゆき》は相変《あいか》わらずの勢《いきお》いで降《ふ》り続《つづ》いている。気温《きおん》もますます下《さ》がっているようだ。今《いま》、外《そと》へ出《で》るのは明《あき》らかな自殺行為《じさつこうい》だろう。

ビデオカメラの手入《てい》れをしながら、となりでふて寝《ね》をする宇佐美義之《うさみよしゆき》に気《き》づかれぬよう小《ちい》さくため息《いき》をつく。

どうやら、この山小屋《やまごや》でひと晩《ばん》を明《あ》かすことになりそうだ。

昼間《ひるま》の出来事《できごと》を思《おも》い出《だ》す。

〈迷《まよ》いの森《もり》〉の近《ちか》くから勢《いきお》いよく水《みず》がふき出《だ》し、スキー場《じょう》のスタッフがかけ寄《よ》ってきた。亀山《かめやま》たちは〈迷《まよ》いの森《もり》〉に立《た》ち入《い》る許可《きょか》をもらっていたわけではない。このままだと面倒《めんどう》なことになると思《おも》い、宇佐美《うさみ》と共《とも》にスギ林《ばやし》の奥《おく》へと侵入《しんにゅう》した。

完全《かんぜん》に人目《ひとめ》につかないところまでやってきたところで、〈まかふしぎぞーん〉の撮影《さつえい》を始《はじ》めた。スマホのGPS《ジーピーエス》は正常《せいじょう》に作動《さどう》していたし、占見山《うらみやま》の地形《ちけい》も事前《じぜん》にしっかり頭《あたま》に入《い》れておいたので、まさか迷《まよ》うことはないと思《おも》っていた。

それなのに――このざまだ。

看板《かんばん》がたおれたり、水《みず》がふき出《だ》したり、〈迷《まよ》いの森《もり》〉に立《た》ち入《い》って早々《そうそう》に怪奇現象《かいきげんしょう》が頻発《ひんぱつ》したことで、宇佐美《うさみ》のテンションはずいぶんと上《あ》がっていたようだ。次《つぎ》の怪奇現象《かいきげんしょう》を期待《きたい》して意気《いき》揚々《ようよう》と歩《ある》く姿《すがた》を様々《さまざま》な方向《ほうこう》から撮影《さつえい》する。雪《ゆき》は想像以上《そうぞういじょう》に積《つ》もっていて、ひじょうに歩《ある》きにくかった。重《おも》たいカメラを持《も》っていたからなおさらだ。何度《なんど》もバランスをくずして転《ころ》びそうになったが、気合《きあ》いでたえた。転《ころ》んでカメラをこわしたりしたら大変《たいへん》だ。これまでに撮影《さつえい》したデータが消《き》えてしまったら目《め》も当《あ》てられない。たとえ自分《じぶん》が大《おお》けがを負《お》ったとしても、カメラだけは絶対《ぜったい》に守《まも》らなければならなかった。

もっと早《はや》くからカメラを回《まわ》しておくべきだったと後悔《こうかい》する。〈迷《まよ》いの森《もり》〉に入《はい》ったときに起《お》こった怪奇現象《かいきげんしょう》は残念《ざんねん》ながら撮影《さつえい》できていない。宇佐美《うさみ》は「あとでもう一度撮影《いちどさつえい》し直《なお》せばいい」といっていたが、それはつまりヤラセを行《おこな》うということだ。幽霊《ゆうれい》がいるように見《み》せかけるためにうす気味悪《きみわる》い声《こえ》をあとから付《つ》け足《た》したり、心霊写真《しんれいしゃしん》を捏造《ねつぞう》したり——宇佐美《うさみ》にいわれるまま、これまでにもヤラセは何度《なんど》か行《おこな》ってきた。視聴者《しちょうしゃ》をだましているみたいで気《き》が重《おも》かったが、宇佐美《うさみ》は「おまえはわかってないなあ。これは番組《ばんぐみ》を面白《おもしろ》くするための演出《えんしゅつ》だから」といつも笑《わら》い飛《と》ばすだけだ。

背《せ》すじがこおりつくほどのすさまじい怨念《おんねん》を感《かん》じます。

これは宇宙人《うちゅうじん》の仕業《しわざ》であるとしか考《かんが》えられません。

いつも大袈裟《おおげさ》なアクションを交《まじ》えて、そんなことを大真面目《おおまじめ》な顔《かお》で語《かた》っているけれど、たぶん宇佐美《うさみ》は幽霊《ゆうれい》も宇宙人《うちゅうじん》も信《しん》じてはいないのだろう。視聴者《しちょうしゃ》が増《ふ》えてもうかる番組《ばんぐみ》を作《つく》ればいい——きっとそれだけしか考《かんが》えていない。

撮影《さつえい》が順調《じゅんちょう》だったのは最初《さいしょ》の三十分間《さんじっぷんかん》だけだった。突然大雪《とつぜんおおゆき》が降《ふ》り始《はじ》め、どこを歩《ある》いているかわからなくなってしまってからは、ただ無言《むごん》で歩《ある》き回《まわ》るだけ。GPS《ジーピーエス》は何度確認《なんどかくにん》しても占見山《うらみやま》の山頂付近《さんちょうふきん》を示《しめ》している。ここは占見山《うらみやま》の中腹《ちゅうふく》だ。途中《とちゅう》でGPS《ジーピーエス》がこわれてしまったのは明《あき》らかだった。

このままだとマジで遭難《そうなん》してしまうかも、と不安《ふあん》になり始《はじ》めたタイミングで、運《うん》よく山小屋《やまごや》を見《み》つけた。ふたりが寝転《ねころ》がったらそれでいっぱいになるくらいの小《ちい》さな小屋《こや》だ。暖房器具《だんぼうきぐ》があるわけでも非常用《ひじょうよう》の食料《しょくりょう》が置《お》いてあるわけでもない。それでも風《かぜ》と雪《ゆき》をしのげるのはありがたかった。


ふぶきがおさまるまでここで待機《たいき》しようとこしを落《お》ち着《つ》けてからすでに五時間《ごじかん》。うで時計《どけい》は午後八時《ごごはちじ》を回《まわ》っている。

古《ふる》ぼけた木製《もくせい》の机《つくえ》の上《うえ》には持《も》ち運《はこ》びできるサイズのホワイトボードと赤色《あかいろ》のマーカーペンが置《お》いてある。動画《どうが》を編集《へんしゅう》する際《さい》、テイクシーンがわかるよう撮影時刻《さつえいじこく》と場所《ばしょ》を書《か》きこんでおくためのアイテムだ。

亀山《かめやま》はそこに湯気《ゆげ》の立《た》つスープカップのイラストをえがいた。だが、そんなことをしたところで腹《はら》も満《み》たされなければ、からだが温《あたた》まるわけでもない。

何事《なにごと》もなければ、今《いま》ごろホテルのルームサービスに舌鼓《したつづみ》を打《う》っていたはずなのに。温《あたた》かな食事《しょくじ》を楽《たの》しんでいる自分《じぶん》を想像《そうぞう》して、ますます空腹《くうふく》になるだけだった。

「ダメだ。もう我慢《がまん》できねえ」

ふてくされて横《よこ》になっていた宇佐美《うさみ》が急《きゅう》に上半身《じょうはんしん》を起《お》こした。

「ちょっと用《よう》をたしてくる」

腹《はら》のあたりをおさえながら立《た》ち上《あ》がる。この山小屋《やまごや》にはトイレがない。目的《もくてき》を果《は》たすには外《そと》へ出《で》るしかなかった。

「ついでに、なんとかしてホテルへもどれないか、ちょっとそのへんを見《み》て回《まわ》ってくるわ」

「それはやめとけ。あぶないって」

亀山《かめやま》は即座《そくざ》に注意《ちゅうい》した。しかし、宇佐美《うさみ》はいうことをきかない。

「もしかしたらホテルの明《あ》かりが見《み》えるかもしんねえだろう？」

「このふぶきじゃ、なんにも見《み》えないってば」

「来《き》た道《みち》を逆《ぎゃく》に進《すす》めば、ゲレンデにたどり着《つ》くはずだ」

「足《あし》あとはとっくに消《き》えてるぞ」

「俺《おれ》たち、東《ひがし》に向《む》かってまっすぐ歩《ある》いてきたんだろう？　ってことは西《にし》へと進《すす》んだら、そこはもといた場所《ばしょ》だ」

「そんなカンタンなことじゃない。雪山《ゆきやま》をあまく見《み》るなって。夜明《よあ》けまで待《ま》とう。今《いま》は危険《きけん》だ」

「たえられねえんだよ、もう！」

宇佐美《うさみ》は声《こえ》をあららげた。

「無理《むり》だとわかったらもどってくる。心配《しんぱい》すんな」

そういって山小屋《やまごや》のとびらに手《て》をかけた――そのときだ。

……カタン
机《つくえ》の上《うえ》からかすかな物音《ものおと》が聞《き》こえた。ふり返《かえ》った宇佐美《うさみ》は目《め》を大《おお》きく見開《みひら》き、全身《ぜんしん》をわなわなとふるわせている。

亀山《かめやま》は宇佐美《うさみ》の視線《しせん》の先《さき》を追《お》い、目《め》の前《まえ》の光景《こうけい》に息《いき》をのんだ。

「なんだ……これ？」

かすれた声《こえ》がのどの奥《おく》からもれる。

机《つくえ》の上《うえ》に放《ほう》り出《だ》してあったマーカーペンが勝手《かって》に動《うご》いていた。いつの間《ま》にかキャップがはずれ、ホワイトボードに赤《あか》い線《せん》を書《か》きこんでいる。見《み》えないだれかがそこにいて、ペンをあやつっているかのようだ。

怪奇現象《かいきげんしょう》だ！

亀山《かめやま》はとっさにカメラをかまえ、撮影《さつえい》を始《はじ》めた。

ホワイトボードに文字《もじ》が記《しる》されていく。最初《さいしょ》は「い」、その横《よこ》に「く」、最後《さいご》に「な」を書《か》くとマーカーペンは音《おと》を立《た》ててたおれ、それっきり動《うご》かなくなった。

　いくな……行《い》くな？

　亀山《かめやま》はゆっくりと宇佐美《うさみ》のほうを見《み》た。

「なんだよ……それ？　最近《さいきん》覚《おぼ》えた手品《てじな》か？」

　宇佐美《うさみ》は鼻《はな》を鳴《な》らして笑《わら》ったが、その顔《かお》はひきつっている。これまで数々《かずかず》の怪奇現象《かいきげんしょう》を裏《うら》で笑《わら》い飛《と》ばしてきた彼《かれ》でも、説明《せつめい》のつかない事象《じしょう》が目《め》の前《まえ》で、しかも極限状態《きょくげんじょうたい》の密室《みっしつ》で起《お》きていることに、いい知《し》れぬ恐怖《きょうふ》を感《かん》じているようだ。

「だれかが『行《い》くな』っていってるぞ」

「だれかってだれだよ？　マリアか？　だとしたら、なおさらここから出《で》ていくしかねえだろう。そいつは俺《おれ》らをあの世《よ》へ引《ひ》きずりこもうとしているんだからな」

宇佐美《うさみ》があたりにつばをまき散《ち》らしながらそう口《くち》にしたそのときだ。

突然《とつぜん》、耳《みみ》をおおいたくなるようなやかましい音《おと》があたりにひびきわたった。かん高《だか》くて神経《しんけい》にさわる。……鈴《すず》の音《ね》？　いや、ちがう。これはセミの声《こえ》だ。カナカナカナ……と鳴《な》いているのがわかった。

「……ヒグラシだ」

「ヒグラシ？　バカいうな。外《そと》は大雪《おおゆき》なんだぞ。セミなんているわけねえだろう」

宇佐美《うさみ》のいうことももっともだったが、亀山《かめやま》の祖父母《そふぼ》が住《す》む田舎町《いなかまち》で何度《なんど》も聞《き》いた鳴《な》き声《ごえ》だ。まちがえるはずがない。

「スマホから流《なが》れてる音《おと》なんじゃねえか？　きっと近《ちか》くにだれかいるんだ。ちょっと見《み》てくる」

「おい、待《ま》てって――」

亀山《かめやま》の呼《よ》び止《と》める声《こえ》を無視《むし》して、宇佐美《うさみ》は小屋《こや》の外《そと》へと飛《と》び出《だ》していってしまった。

開《あ》いたとびらから勢《いきお》いよく雪《ゆき》が入《はい》りこんでくる。亀山《かめやま》はとびらに近《ちか》づき、暗闇《くらやみ》に向《む》かって宇佐《うさ》美《み》の名《な》を呼《よ》んだ。しかし、返事《へんじ》はない。

まずい。このままじゃあいつ、本当《ほんとう》に遭難《そうなん》してしまうかも。

亀山《かめやま》は宇佐美《うさみ》のあとを追《お》いかけようとしたが、見《み》えない力《ちから》に引《ひ》っ張《ぱ》られ、部屋《へや》の中《なか》へと引《ひ》きもどされた。

とびらが自動的《じどうてき》に閉《し》まる。

「……なんだよ、一体《いったい》」

床《ゆか》にしりもちをついたまま、亀山《かめやま》はつぶやいた。

ヒグラシの声《こえ》はいつまでも鳴《な》りやまない。


**ケケケケケケケ……**


それは次第《しだい》に、この世《よ》のものとは思《おも》えないモノノケの笑《わら》い声《ごえ》に変化《へんか》した。

「やめろ……やめろ……やめろおっ！」

亀山《かめやま》は頭《あたま》をかかえ、ただガタガタとその場《ば》でふるえ続《つづ》けるしかなかった。

# 11 五頭《ごとう》のハスキー犬《けん》

ゆうべのふぶきがうそだったかのように、翌朝《よくあさ》は雲《くも》ひとつない晴天《せいてん》となった。

イズミさんにいわれたとおり、ぼくたちは七時前《しちじまえ》に出《で》かける準備《じゅんび》をすませ、朝《あさ》ご飯《はん》を食《た》べ終《お》わるとすぐにロビーに集合《しゅうごう》した。

ソファに座《すわ》りながら、ナオちゃんがノートの切《き》れはしに目《め》を通《とお》している。後《うし》ろからのぞきこむと、そこにはかわいらしいイラストでなぞなぞらしきものがえがかれていた。

「ユズキちゃんが風邪《かぜ》をひいたっていう話《はなし》を聞《き》いて、思《おも》いついたんだ。どうだ？　よくできてるだろ？」

たけし君《くん》が得意《とくい》げに胸《むね》をそらす。どうやら、作《つく》ったのはたけし君《くん》らしい。

「こんこん」と記《しる》されたイラストがみっつ。左《ひだり》には雪遊《ゆきあそ》びをする子供《こども》たちが、真《ま》ん中《なか》には風邪《かぜ》をひいた女《おんな》の子《こ》がえがかれている。右《みぎ》のハテナマークにあてはまる「こんこん」を答《こた》えればいいようだ。もちろん、答《こた》えはすぐにわかった。

「あら、ひろし君《くん》は？」

イズミさんがだれにともなくたずねた。いわれてみれば、ひろし君《くん》の姿《すがた》が見当《みあ》たらない。ぼくはナオちゃんにだかれてここまでやってきたし、マロンちゃんとのおしゃべりに夢中《むちゅう》になっていたので、今《いま》の今《いま》までそのことに気《き》づいていなかった。朝《あさ》ご飯《はん》のときはいっしょにいたのに……あ、もしかして。

ひろし君《くん》不在《ふざい》の理由《りゆう》には心当《こころあ》たりがある。

「あとで合流《ごうりゅう》するから先《さき》に行《い》っててくれってさ」

あきれた様子《ようす》で卓郎君《たくろうくん》が答《こた》えた。

「どうして？　お腹《なか》でも痛《いた》くなっちゃったのかな？」

首《くび》をかしげるイズミさんに、

「ちがう、ちがう」

卓郎君《たくろうくん》は口《くち》のはしをゆがめて笑《わら》った。

「クロさんの話《はなし》に夢中《むちゅう》になってるだけだから」

やっぱり、そういうことか。

つい先《さき》ほど、レストラン内《ない》にカメムシが現《あらわ》れた。自然豊《しぜんゆた》かなこの場所《ばしょ》にはカメムシが大量《たいりょう》に発《はっ》生《せい》する。カメムシは寒《さむ》い冬《ふゆ》をこすため、人家《じんか》へ侵入《しんにゅう》することが多《おお》い。もちろん、ホテルのスタッフさんたちはしっかりと清掃《せいそう》をしているのだろうけれど、カメムシを完全《かんぜん》にしめ出《だ》すことは不可《ふか》能《のう》だ。

ぼくたちのとまった部屋《へや》にも〈カメムシを見《み》つけたらフロントまでご連絡《れんらく》ください〉と注意書《ちゅういが》きがされていた。

カメムシは敵《てき》におそわれたとき、からだからくさい液体《えきたい》を噴出《ふんしゅつ》して身《み》を守《まも》ろうとする。だから、素手《すで》でつまみあげたりしたら大変《たいへん》だ。一度指《いちどゆび》についたにおいはなかなか落《お》とすことができない。

カメムシがいると大《おお》さわぎになっているところへ、クロさんはさっそうと現《あらわ》れた。ガムテープの切《き》れはしをカメムシの背中《せなか》に当《あ》ててそっと持《も》ち上《あ》げ、左手《ひだりて》に持《も》った空《から》のペットボトルの中《なか》へ素《す》早《ばや》く落《お》としこむ。その間《かん》、わずか数秒《すうびょう》。見事《みごと》な手際《てぎわ》に、周《まわ》りのお客《きゃく》さんから拍手《はくしゅ》が起《お》こったくらいだ。

捕獲《ほかく》したカメムシをひろし君《くん》はまじまじと見《み》つめ、そこからクロさんへの質問攻撃《しつもんこうげき》が始《はじ》まった。

これはクサギカメムシですか？　初《はじ》めて見《み》ました。くさい液体《えきたい》はどこから出《で》るのですか？　ふだんはなにを食《た》べているのでしょう？　カメムシの大量発生《たいりょうはっせい》する年《とし》は大雪《おおゆき》が降《ふ》るといわれていますが本当《ほんとう》ですか？　本当《ほんとう》だとしたらどのような因果関係《いんがかんけい》があるのでしょうか？

ひろし君《くん》は食《た》べる手《て》を止《と》め、クロさんにあれこれと質問《しつもん》を続《つづ》けた。いったんスイッチが入《はい》ってしまったら、もうだれにも止《と》めることなんてできない。

ひろし君《くん》がやってくるのを待《ま》っていたら、いつになるかわからないと考《かんが》え、みんなはひろし君《くん》をおいて出発《しゅっぱつ》することに決《き》めた。

「本当《ほんとう》にいいの？　目的地《もくてきち》はここから少《すこ》しはなれてるし、ひとりで移動《いどう》して迷子《まいご》になったら大変《たいへん》だよ。待《ま》ってあげたほうがよくない？」

イズミさんはまだひろし君《くん》のことがよくわかっていないらしい。

「大丈夫《だいじょうぶ》、大丈夫《だいじょうぶ》。早《はや》く行《い》こうよ！」

たけし君《くん》はイズミさんのうでを引《ひ》っ張《ぱ》り、ナオちゃんは背中《せなか》をおして、ぼくたち一行《いっこう》はひろし君《くん》をホテルに残《のこ》したまま出発《しゅっぱつ》した。

犬《いぬ》ゾリ体験《たいけん》のできる高原《こうげん》はホテルから五百《ごひゃく》メートルほど西《にし》へ移動《いどう》した場所《ばしょ》にあった。きょりはたいしたことないが、ゆうべ降《ふ》った雪《ゆき》がたくさん積《つ》もって、みんな歩《ある》きにくそうだ。ぼくとマロンちゃんはウサギのようにぴょんぴょんと飛《と》びはね、ふだんは味《あじ》わえない足《あし》もとのふわふわとした感覚《かんかく》を楽《たの》しみながら先《さき》に進《すす》んだ。

やがて〈犬《いぬ》ゾリ広場《ひろば》〉と記《しる》された大《おお》きな看板《かんばん》が見《み》えてくる。その前《まえ》を五頭《ごとう》のシベリアンハスキーが通過《つうか》した。大人《おとな》ふたりが乗《の》ったソリを引《ひ》いている。ふたりとも体格《たいかく》がよく、かなり重《おも》そうだ。

ハスキー犬《けん》はゆるやかなカーブを進《すす》み、ぼくたちのほうに向《む》かってきた。はあはあとあらい息《いき》をくり返《かえ》しながら目《め》の前《まえ》をかけ抜《ぬ》けていく。

「うわあ、楽《たの》しそう！」

たけし君《くん》がはしゃぎ声《ごえ》をあげた。

「オレたちも早《はや》く乗《の》ろうよ！」

ソリのあとを追《お》いかけて走《はし》り始《はじ》める。

ログハウスの前《まえ》でソリは止《と》まった。ソリから降《お》りたふたり組《ぐみ》は満足《まんぞく》そうな表情《ひょうじょう》で記念写真《きねんしゃしん》をとっている。

「あの……予約《よやく》していたイズミと申《もう》しますが」

ログハウスの中《なか》から現《あらわ》れたカウボーイハットをかぶった女性《じょせい》――〈犬《いぬ》ゾリ広場《ひろば》〉のスタッフなのだろう――にイズミさんは声《こえ》をかけた。

「いらっしゃいませ。お待《ま》ちしておりました」

カウボーイハットのお姉《ねえ》さんがさわやかな笑顔《えがお》をふりまきながら、犬《いぬ》ゾリに関《かん》する説明《せつめい》を始《はじ》める。みんながお姉《ねえ》さんの話《はなし》に耳《みみ》をかたむける間《あいだ》に、ぼくとマロンちゃんはハスキー犬《けん》へと近《ちか》づいた。

『こんにちは』

先頭《せんとう》に立《た》っていたひときわからだの大《おお》きいハスキー犬《けん》に話《はな》しかける。見《み》た目《め》だけではよくわからないが、たぶんぼくよりもかなり年上《としうえ》だ。ひげに白《しろ》いものが混《ま》じっている。

『やあ、かわいいお客《きゃく》さんがやってきたのう』

長《なが》い舌《した》をだらりとたらしたまま、ハスキー犬《けん》のおじいさんはいった。からだにはハーネスがきゅうくつそうに巻《ま》かれ、その先《さき》はソリへとつながっている。

雪《ゆき》の上《うえ》を全力《ぜんりょく》で走《はし》ったせいで、みんなずいぶんと息《いき》があらい。

『……大丈夫《だいじょうぶ》ですか？』

ぼくは白《しろ》ひげのおじいさんにたずねた。

『大丈夫《だいじょうぶ》？　なにがじゃ？』

『人間《にんげん》を引《ひ》っ張《ぱ》って大変《たいへん》そうだから』

『ああ、大変《たいへん》じゃよ。体力《たいりょく》も必要《ひつよう》だし、わしら五頭《ごとう》の息《いき》をぴったり合《あ》わせなくちゃならないしな』

カウボーイハットのお姉《ねえ》さんから差《さ》し出《だ》された水《みず》を飲《の》みながら、おじいさんは答《こた》えた。

『大変《たいへん》ならやめちゃえばいいのに』

『どうして？』

おじいさんはぼくのほうを見《み》て首《くび》をひねった。

『大変《たいへん》だけどそれ以上《いじょう》に楽《たの》しいからのう。ソリに乗《の》ってよろこんでくれる人《ひと》たちの顔《かお》を見《み》たら、わしらだってうれしくなる。やめる理由《りゆう》なんてひとつもないわ』

ほかの四頭《よんとう》も先頭《せんとう》のおじいさんと同《おな》じ気持《きも》ちなのか、うんうんとだまって首《くび》をたてにふった。

『でも、中《なか》にはイヤなお客《きゃく》さんだっているでしょう？』

マロンちゃんが口《くち》をはさんだ。

『ああ、たまにおるな。わざとたづなを強《つよ》く引《ひ》っ張《ぱ》って

わしらのことを困《こま》らせようとしたり、石《いし》をつめた雪玉《ゆきだま》を投《な》げつけてきたり』

『そういうときはどうするの？』

『べつになにも』

マロンちゃんの問《と》いかけに、おじいさんはあっけらかんとした調子《ちょうし》で答《こた》えた。

『……なにも？』

『人間《にんげん》は弱《よわ》い生《い》き物《もの》じゃ。わしらみたいに速《はや》く走《はし》れないし、高《たか》くとぶことだってできない。するどいキバもなければツメもない。わしらに悪《わる》さをしかけてくる人間《にんげん》は、わしらのことがうらやましい――もっといえば、ねたましいんじゃろうな。かわいそうなヤツらだと思《おも》えば、べつに腹《はら》も立《た》たない。そうじゃろう？』

そうじゃろう？　ときかれてもすぐには答《こた》えられなかった。返事《へんじ》に迷《まよ》っていると、

『おまえら、ホテルにとまってるのか？』

ひときわ目《め》つきのするどい、最後尾《さいこうび》のハスキー犬《けん》が口《くち》を開《ひら》いた。

『うん、そうだけど』

『気《き》をつけろよ。今朝《けさ》、ホテルにとまってる別《べつ》のわんこから聞《き》いたんだけど、昨日《きのう》からあやしい人物《じんぶつ》が何人《なんにん》かホテルに出入《でい》りしているみたいなんだ』

『あやしい人物《じんぶつ》って……どういうこと？』

『ホテルの客《きゃく》になにか悪《わる》さをしようとたくらんでいるらしい』

マロンちゃんと目《め》を見合《みあ》わせる。

ぼくはとっさにクロさんの顔《かお》を思《おも》いうかべた。

『こらこら。お客《きゃく》さんをこわがらせるんじゃないよ』

おじいさんが注意《ちゅうい》する。

『だけど、オッサン。なにかあってからじゃおそいんだぞ』

最後尾《さいこうび》のハスキー犬《けん》はそういい返《かえ》した。

『……まあ、確《たし》かに心配《しんぱい》ではあるのう』

おじいさんが前《まえ》あしで白《しろ》いひげをなでる。

『お客《きゃく》さん、あそこにジャンプ台《だい》が見《み》えるじゃろう？』

あごで山《やま》のほうを示《しめ》しながらいう。ゲレンデのとなりに巨大《きょだい》なすべり台《だい》のようなものが見《み》えた。あれがジャンプ台《だい》なのだろう。スキー板《いた》をはいたまま、あのすべり台《だい》をすべり降《お》り、どれだけ遠《とお》くまでジャンプできるかを競《きそ》い合《あ》っている姿《すがた》をテレビで観《み》たことがある。

『あのジャンプ台《だい》の近《ちか》くにわしらの住《す》んでる家《いえ》があるんじゃ。もしなにか困《こま》ったことがあったら、昼間《ひるま》はここ、夜《よる》は家《いえ》のほうに訪《たず》ねてくればいい。わしらが助《たす》けてやるからのう』

そこまでしゃべると、おじいさんは小屋《こや》の前《まえ》に視線《しせん》を移《うつ》した。机《つくえ》の上《うえ》に金属製《きんぞくせい》の小《ちい》さな筒《つつ》のようなものが置《お》いてある。

『そうじゃ。あれを持《も》っていけ』

おじいさんはいった。

『犬笛《いぬぶえ》じゃ。笛《ふえ》の音《おと》が聞《き》こえたら、どこにいてもわしらがすぐにかけつけてやるわ』

『ありがとうございます』

初《はじ》めて会《あ》ったぼくたちにこんなにも親切《しんせつ》にしてくれるなんて。ぼくはおじいさんに何度《なんど》も頭《あたま》を下《さ》げたあと、犬笛《いぬぶえ》を口《くち》にくわえた。

「よし。じゃあオレが一番乗《いちばんの》り！」

犬《いぬ》ゾリ体験《たいけん》に関《かん》するひととおりの説明《せつめい》が終《お》わったらしく、たけし君《くん》がソリに乗《の》りこむ。

ひろし君《くん》はまだやってこない。ぼくは急《きゅう》にひろし君《くん》のことが心配《しんぱい》になった。

――昨日《きのう》からあやしい人物《じんぶつ》が何人《なんにん》かホテルに出入《でい》りしているみたいなんだ。ホテルの客《きゃく》になにか悪《わる》さをしようとたくらんでいるらしい。

最後尾《さいこうび》のハスキー犬《けん》のおにいちゃんの言葉《ことば》も気《き》にかかる。

もし、クロさんがまたなにかよからぬことを考《かんが》えていたとしたら。

ちょっと、ひろし君《くん》の様子《ようす》を見《み》てくるよ。

ぼくはマロンちゃんにそう告《つ》げると、みんなには気《き》づかれないようホテルへの道《みち》のりを走《はし》り出《だ》した。

ぼくが全力《ぜんりょく》で走《はし》れば、数分《すうふん》で到着《とうちゃく》するきょりだ。くわえたままの犬笛《いぬぶえ》がじゃまではあったけど、あっという間《ま》にホテルまでたどり着《つ》く。

ホテルの前《まえ》にはパトカーが一台《いちだい》停《と》まっていた。

# 12 リフトの上《うえ》のふたり

心臓《しんぞう》がきゅんと縮《ちぢ》まるような感覚《かんかく》におそわれる。

どうして、パトカーがこんなところに？

サイレンの音《おと》は聞《き》こえなかった。宿泊客《しゅくはくきゃく》をおどろかせないよう、ひそかにやってきたのだろうか？　まさか、ひろし君《くん》の身《み》になにかあったのでは？

あわててホテル内《ない》に飛《と》びこむと、ロビーには大勢《おおぜい》の人《ひと》が集《あつ》まっていた。制服姿《せいふくすがた》の警察官数名《けいさつかんすうめい》に、ヘルメットをかぶった大人《おとな》たちが十名《じゅうめい》ほど。ホテルスタッフも何人《なんにん》か交《ま》じっている。その中《なか》にはクロさんの姿《すがた》もあった。テーブルを囲《かこ》み、真剣《しんけん》な面持《おも》ちでなにやら話《はな》し合《あ》っている。

少《すこ》しはなれたところから、一体何事《いったいなにごと》かと不安《ふあん》げに彼《かれ》らのほうを見《み》ているのはホテルの宿泊客《しゅくはくきゃく》だ。その中《なか》にハルナ先生《せんせい》とマツエさんの姿《すがた》を見《み》つけたので、ぼくはそちらへとかけ寄《よ》った。

「ああ、タケルちゃん」

先生《せんせい》はぼくをかかえあげると、再《ふたた》び警察官《けいさつかん》たちのほうへ視線《しせん》を移《うつ》した。

なにがあったの？　とハルナ先生《せんせい》にたずねる前《まえ》に、となりのお客《きゃく》さんの会話《かいわ》が耳《みみ》に飛《と》びこんできた。

ウサミヨシユキって知《し》ってる？　そうそう、オカルト系《けい》の動画《どうが》を配信《はいしん》しているイケメン君《くん》。カメラマンの人《ひと》といっしょにこのホテルにとまっていたらしいんだけど、昨日《きのう》の午後《ごご》から連絡《れんらく》が取《と》れないんだって、さっきマネージャーの人《ひと》が訪《たず》ねてきて……。ホテルのスタッフといっしょに客《きゃく》室《しつ》の中《なか》も確認《かくにん》したらしいんだけど、部屋《へや》にもどってきた様子《ようす》はなかったみたい。ほら、昨日《きのう》は夕《ゆう》方《がた》からものすごいふぶきだったでしょう？　もしかしたら遭難《そうなん》したんじゃないかって話《はなし》よ。

……ウサギさんとカメさんが行方不明《ゆくえふめい》？

ぼくはさらに聞《き》き耳《みみ》を立《た》てた。

ウサギさんとカメさんは昨日《きのう》の昼過《ひるす》ぎ、このホテルにチェックイン。一泊《いっぱく》して、今日《きょう》の朝早《あさはや》くには所属《しょぞく》する事務所《じむしょ》にもどる予定《よてい》だったらしい。ほかの宿泊客《しゅくはくきゃく》にさわがれるのがイヤだったのか、レストランの食事《しょくじ》を予約《よやく》していなかったため、ホテル側《がわ》もふたりがいないことには気《き》づかなかったようだ。

「君《きみ》はこのあたりでふたりと出会《であ》った――まちがいないね」

男性《だんせい》の野太《のぶと》い声《こえ》が耳《みみ》に届《とど》いた。

「はい、そうです」

続《つづ》いて、聞《き》き覚《おぼ》えのある声《こえ》がロビーにひびく。ひろし君《くん》だ。

ぼくはハルナ先生《せんせい》の胸《むね》から飛《と》び降《お》りると、テーブルの周《まわ》りに集《あつ》まっている人《ひと》たちの足《あし》もとをくぐり抜《ぬ》け、ひろし君《くん》のもとへ向《む》かった。

ひろし君《くん》はいかつい顔《かお》の警察官《けいさつかん》とテーブルをはさんで向《む》かい合《あ》って立《た》っている。テーブルの上《うえ》には〈うらみスノーリゾート〉のマップが広《ひろ》げて置《お》いてあった。

これから〈犬《いぬ》ゾリ広場《ひろば》〉へ向《む》かおうとしているところだったのか、ソファの背《せ》もたれにはひろし君《くん》のスノーウェアと白《しろ》いマフラーがかけてある。ぼくはくわえたままだった犬笛《いぬぶえ》をひろし君《くん》のウェアのポケットにこっそりしまった。ひろし君《くん》、それ大切《たいせつ》なものだから、しばらくあずかっててね。

「ふたりと出会《であ》った正確《せいかく》な場所《ばしょ》を知《し》りたい。申《もう》し訳《わけ》ないが、我々《われわれ》をそこまで案内《あんない》してもらえるかな？」

警察官《けいさつかん》の言葉《ことば》にひろし君《くん》はうなずいた。

「では捜索隊《そうさくたい》のみなさん、よろしくお願《ねが》いします」

警察官《けいさつかん》がヘルメットをかぶった人《ひと》たちに声《こえ》をかける。彼《かれ》らはウサギさんとカメさんを探《さが》すために集《あつ》められた、スキー場《じょう》の従業員《じゅうぎょういん》と地元《じもと》の人《ひと》たちらしい。

「僕《ぼく》もついていってよろしいでしょうか？」

クロさんがふたりの間《あいだ》に割《わ》って入《はい》る。

「あなたは？」

「このホテルの従業員《じゅうぎょういん》で、彼《かれ》——ひろし君《くん》の友人《ゆうじん》でもあります。占見山《うらみやま》のネイチャーガイドもやっているので、地理《ちり》にはくわしいです。きっとお役《やく》に立《た》てると思《おも》います」

ひろし君《くん》の友人《ゆうじん》という言葉《ことば》に少《すこ》し引《ひ》っかかったが、このあたりの地理《ちり》にくわしいのは確《たし》かだろう。クロさんがなにを考《かんが》えているのかいまいちよくわからないが、たよらない手《て》はない。

もちろん、ぼくもついていくつもりだった。クロさんが悪《わる》だくみをしているなら、全力《ぜんりょく》で阻止《そし》してひろし君《くん》を守《まも》らなければ。

いかつい顔《かお》の警察官《けいさつかん》とひろし君《くん》を先頭《せんとう》に、十人以上《じゅうにんいじょう》の捜索隊《そうさくたい》が列《れつ》を作《つく》ってリフトに乗《の》りこむ。一体何事《いったいなにごと》かとお客《きゃく》さんたちも集《あつ》まってきたので、リフト乗《の》り場周辺《ばしゅうへん》は騒然《そうぜん》となった。

ぼくはドッグスリングを装着《そうちゃく》したハルナ先生《せんせい》とリフトに乗《の》った。「あなた、ひろし君《くん》の担任《たんにん》でしょう？　ついていったほうがいいんじゃない？」とマツエさんにいわれて捜索《そうさく》チームに加《くわ》わることを決《き》めたようだ。「あたしはユズキの看病《かんびょう》をしているから」とマツエさんはひとり部屋《へや》に残《のこ》ったようだけど、別《わか》れぎわに「ひさしぶりに会《あ》ったんでしょう？　うまくやりなさいよ」とハル

ナ先生《せんせい》の背中《せなか》をたたいたことから考《かんが》えて、たぶん気《き》をきかせたのだろう。

マツエさんの思惑《おもわく》どおり、ハルナ先生《せんせい》のとなりにはクロさんが座《すわ》っている。ひろし君《くん》が警察《けいさつ》の人《ひと》といっしょにリフトに乗《の》ってしまった以上《いじょう》、知《し》らない人《ひと》ばかりの集団《しゅうだん》の中《なか》でふたりがペアになるのは必然《ひつぜん》だった。

クロさんもハルナ先生《せんせい》と同《おな》じようにドッグスリングを身《み》に着《つ》けている。クロさんのふところからひょこりと顔《かお》を出《だ》したのはシロウサギのミミだった。

「はるな、元気《げんき》ダッタ？」

ミミが口《くち》を開《ひら》く。ブルーデーモンの力《ちから》を持《も》つミミは人間《にんげん》の言葉《ことば》をしゃべることができた。そのことはハルナ先生《せんせい》も知《し》っているはず

だが、いまだになれないらしく、しゃべり出《だ》したミミにおどろきの視線《しせん》を向《む》けながら、

「ええ……元気《げんき》よ」

と、とまどい気味《ぎみ》に答《こた》えた。

「くろサン、よかったね。はるな、元気《げんき》ダッテサ」

首《くび》を器用《きよう》にひねり、クロさんのほうへ顔《かお》を向《む》けながらミミがいう。

「おまえ、なにをいってるんだ？」

クロさんは自分《じぶん》の鼻先《はなさき》を親指《おやゆび》でいじりながら、困《こま》ったような表情《ひょうじょう》を見《み》せた。

「ダッテ、さーかす団《だん》ノ事件《じけん》ノアト、ズット気《き》ニシテタジャナイカ。はるなサンハ大丈夫《だいじょうぶ》ダロウカ？　心《こころ》ニ傷《きず》ヲ負《お》ッテナイダロウカ？　ッテ」

「おい。あんまりおしゃべりが過《す》ぎるようなら、ここでリフトから降《お》りてもらってもいいんだぞ」

そういって、クロさんはミミをにらみつけた。本当《ほんとう》に降《お》ろされたらたまらないと思《おも》ったのだろう。ミミはそれっきりだまりこんだ。

「……私《わたし》のことを気《き》にかけてくださってたんですね」

ぼくの頭《あたま》をなでながら、ハルナ先生《せんせい》がぼそりと答《こた》える。その顔《かお》はずいぶんと赤《あか》かった。

「……私《わたし》は大丈夫《だいじょうぶ》です。安心《あんしん》してください」

「そうですか。だったらよかった」

クロさんは青空《あおぞら》を見上《みあ》げながら、安堵《あんど》混《ま》じりの白《しろ》い息《いき》をはき出《だ》した。

「あの……」

わずかな沈黙《ちんもく》のあと、ハルナ先生《せんせい》がためらいがちに口《くち》を開《ひら》く。

「今日《きょう》もお仕事《しごと》、おいそがしいのでしょうか？」

「いや。今日《きょう》は一日《いちにち》、休《やす》みをもらってる。午後《ごご》からフィールドワークに出《で》かけようかと思《おも》っていたんだけど」

「夜《よる》の予定《よてい》は？」

「べつになにも。ただ寝《ね》るだけかな？」

「そうなんですか！」

ハルナ先生《せんせい》の表情《ひょうじょう》がぱっと明《あか》るくなった。

「あの……今夜《こんや》、ホテルでオープニングイベントが開催《かいさい》されるでしょう？」

「ああ。今朝《けさ》、セントラルガーデンをのぞいてみたけど、着々《ちゃくちゃく》と準備《じゅんび》が進《すす》んでいるようだね」

「実《じつ》は私《わたし》……今夜《こんや》のイベントに出演《しゅつえん》するんです」

「え？　本当《ほんとう》に？」

クロさんはおどろいた顔《かお》を見《み》せた。

「私《わたし》、地元《じもと》のコーラスサークルに入《はい》ってまして……クリスマスソングを何曲《なんきょく》か歌《うた》います。もしよかったら観《み》にきていただけませんか？」

「もちろん！　絶対《ぜったい》に行《い》くよ！」

クロさんの言葉《ことば》に、ハルナ先生《せんせい》は心底《しんそこ》うれしそうな笑顔《えがお》を見《み》せた。その明《あか》るい表情《ひょうじょう》を見《み》たら、なんだかこちらまでうれしくなってくる。

笑顔《えがお》のふたりを乗《の》せたリフトは、しばらくすると降《お》り場《ば》に到着《とうちゃく》した。クロさんがハルナ先生《せんせい》の手《て》を引《ひ》いてリフトから降《お》りる。お礼《れい》の言葉《ことば》をのべながら、先生《せんせい》はほおを赤《あか》く染《そ》めた。昨日《きのう》、ぼくたちがウサギさんたちと出会《であ》った場所《ばしょ》に捜索隊《そうさくたい》の人《ひと》たちが集《あつ》まっている。ひろし君《くん》が〈立入禁《たちいりきん》止《し》〉の立《た》て看板《かんばん》を指差《ゆびさ》してなにやら説明《せつめい》をしていた。

林《はやし》の奥《おく》をのぞきこんでいた捜索隊《そうさくたい》のひとりが、

「おい、だれかいるぞ！」

と大声《おおごえ》をあげる。その場《ば》にいた全員《ぜんいん》の視線《しせん》がそちらに集中《しゅうちゅう》した。

スギの枝《えだ》がガサガサと音《おと》を立《た》ててゆれ、林《はやし》の中《なか》から黒《くろ》い人《ひと》かげが姿《すがた》を現《あらわ》した。その顔《かお》には見覚《みおぼ》えがあった。昨日出会《きのうであ》ったときよりもずいぶんとやつれていたが、まちがいなくカメさんだ。

林《はやし》の中《なか》から出《で》てきたカメさんは、ゾンビのように両手《りょうて》を前《まえ》にのばしたまま数歩《すうほ》歩《ある》くと、そのまま雪《ゆき》の上《うえ》に前《まえ》のめりでたおれた。

「おい、しっかりするんだ！」

クロさんがカメさんのそばにかけ寄《よ》る。

「パトロール班《はん》に連絡《れんらく》してスノーモービルの準備《じゅんび》を！　あと、リフト降《お》り場《ば》にＡＥＤ《エーイーディー》が置《お》いてあるので持《も》ってきてもらえますか？」

「もうひとりはどうした？　まだ林《はやし》の中《なか》にいるのか？」

強面《こわもて》の警察官《けいさつかん》がロープを乗《の》りこえて林《はやし》の中《なか》に入《はい》ろうとした次《つぎ》の瞬間《しゅんかん》、

メリメリメリ……

なにかかたいものがゆっくりとおしつぶされるような音《おと》が聞《き》こえた。頭上《ずじょう》に目《め》をやると、ひときわ高《たか》いスギの大木《たいぼく》が一本《いっぽん》、ゲレンデに向《む》かってゆっくりとたおれてくる。

「危《あぶ》ないっ！」

みんなはとっさにその場《ば》からはなれた。

どどーんっ！

轟音《ごうおん》と共《とも》に、大木《たいぼく》が横《よこ》だおしになる。幸《さいわ》いなことにだれかがおしつぶされるような事態《じたい》にはならなかった。

「……うそだろ？」

捜索隊《そうさくたい》のひとりが信《しん》じられないといった顔《かお》つきでつぶやく。

「スキー場《じょう》のオープン前《まえ》に安全点検《あんぜんてんけん》をしたときには、たおれそうな木《き》なんて一本《いっぽん》もなかったのに……」

奇妙《きみょう》な気配《けはい》を感《かん》じ、ぼくは林《はやし》の奥《おく》に顔《かお》を向《む》けた。

昨日《きのう》も見《み》かけた制服姿《せいふくすがた》の女《おんな》の子《こ》が、折《お》れた幹《みき》のそばからじっとこちらをにらみつけてくる。

うう……。

ぼくは小《ちい》さくうなった。

「タケルちゃん、どうしたの？」

ハルナ先生《せんせい》がぼくにきく。

「林《はやし》の奥《おく》になにか――」

そこで先生《せんせい》の言葉《ことば》は止《と》まった。息《いき》をのむ音《おと》が耳《みみ》に届《とど》く。

「あの子《こ》……人間《にんげん》じゃない」

ハルナ先生《せんせい》はそうつぶやいた。

# 13 予期《よき》せぬ事態《じたい》

これはぼくしか知《し》らないことだけど、ハルナ先生《せんせい》は強《つよ》い霊感《れいかん》を持《も》っていて、ぼくと同《おな》じように、普通《ふつう》の人間《にんげん》には見《み》えない霊的《れいてき》なものを認識《にんしき》することができる。

子供《こども》のころから死《し》んだ人《ひと》と会話《かいわ》を交《か》わすことができたようなのだが、周《まわ》りに気味悪《きみわる》がられるからと、これまでだれにも打《う》ち明《あ》けたことはないそうだ。

林《はやし》の奥《おく》に立《た》っていた制服姿《せいふくすがた》の女《おんな》の子《こ》に気《き》づいたのはぼくとハルナ先生《せんせい》だけだった。先生《せんせい》のいうとおり、あれはきっと人間《にんげん》ではなかったのだろう。十年前《じゅうねんまえ》に〈迷《まよ》いの森《もり》〉で行方不明《ゆくえふめい》となり、今《いま》も霊魂《れいこん》となって林《はやし》の中《なか》をさまよい続《つづ》けているマリアちゃんなのかもしれない。

クロさんの適切《てきせつ》かつ迅速《じんそく》な処置《しょち》で、カメさんはすぐに息《いき》をふき返《かえ》した。スノーモービルに乗《の》ってホテルまで移動《いどう》し、たまたま宿泊《しゅくはく》していたお医者《いしゃ》さんの診察《しんさつ》を受《う》けたが、とくに外傷《がいしょう》はなく意《い》識《しき》もはっきりしていたようだ。

まもなく救急車《きゅうきゅうしゃ》が到着《とうちゃく》したが、カメさんが病院《びょういん》に行《い》くことをこばんだため、救急隊員《きゅうきゅうたいいん》のお兄《にい》さんたちはけげんそうな表情《ひょうじょう》をうかべながら帰《かえ》っていった。

「カメラ……カメラは？」

カメさんはうつろなまなざしで周囲《しゅうい》を見回《みまわ》したあと、

「……ダメだ。すぐにもどらなくっちゃ」

いきなり立《た》ち上《あ》がって、ホテルを飛《と》び出《だ》そうとした。しかし、やはり体力《たいりょく》は完全《かんぜん》にはもどって
いなかったようだ。ふらついて壁《かべ》に手《て》をつく。

「無茶《むちゃ》はしないほうがいい。部屋《へや》で少《すこ》し休《やす》んだらどうだい？」

カメさんにかたを貸《か》しながら、クロさんがやさしい言葉《ことば》をかける。

「そんな悠長《ゆうちょう》なことはいってられません。カメラを取《と》りにもどらないと」

クロさんの手《て》を無下《むげ》にふりはらうと、カメさんは強引《ごういん》にホテルから出《で》ていこうとした。

「待《ま》ってください！」

警察官《けいさつかん》の呼《よ》び止《と》める声《こえ》を無視《むし》して自動《じどう》ドアの前《まえ》に立《た》つ。

ドアが開《ひら》いたタイミングで、たけし君《くん》がかけこんできた。前《まえ》を見《み》ていなかったのか、思《おも》いきり
カメさんにぶつかる。突然《とつぜん》のことに対処《たいしょ》できず、カメさんはその場《ば》にしりもちをついた。

強面《こわもて》の警察官《けいさつかん》とクロさんが両側《りょうがわ》からカメさんのうでをつかむ。そうなったらもう抵抗《ていこう》できるは

ずもない。カメさんは力《ちから》なくうなだれ、ふたりに引《ひ》きずられながらソファへともどった。

「あ……ゴメンなさい」

たけし君《くん》が頭《あたま》をかきながらあやまる。

「いや、よくやった」

クロさんはたけし君《くん》に向《む》かって親指《おやゆび》を立《た》てた。状況《じょうきょう》がのみこめず、たけし君《くん》はきょとんとした表情《ひょうじょう》をうかべている。

「おまえ、まだこんなところにいたのか？」

卓郎君《たくろうくん》がフロント前《まえ》に立《た》っていたひろし君《くん》に声《こえ》をかける。

「犬《いぬ》ゾリ体験《たいけん》、もう終《お》わっちまったぞ」

「雪《ゆき》の上《うえ》を自転車《じてんしゃ》で走《はし》ってるみたいで、気持《きも》ちよかったよ。ひろし君《くん》も来《き》たらよかったのに」

よほど楽《たの》しかったのか、ナオちゃんがはしゃいだ口調《くちょう》で卓郎君《たくろうくん》のあとをつぐ。

しかし、ひろし君《くん》はふたりの言葉《ことば》にはいっさい反応《はんのう》せず、首《くび》もとのマフラーをさわりながら、じっとカメさんのほうを見《み》つめていた。

「……なにがあったの？」

不穏《ふおん》な空気《くうき》を感《かん》じ取《と》ったのか、美香《みか》ちゃんがひろし君《くん》のとなりに立《た》っていたハルナ先生《せんせい》にきく。先生《せんせい》は小声《こごえ》で、ウサギさんとカメさんが昨日《きのう》の夕方《ゆうがた》から行方不明《ゆくえふめい》になっていたこと、カメさんは救助《きゅうじょ》したけどウサギさんは今《いま》もまだ見《み》つかっていないことを説明《せつめい》した。

「カメヤマさん。あなたにはいろいろときききたいことがあります」

警察官《けいさつかん》がカメさんに顔《かお》を近《ちか》づけると、カメさんはおびえたような視線《しせん》を周《まわ》りに向《む》けた。

「お話《はなし》ならあとでいくらでもします。まずは山小屋《やまごや》にもどらないと……」

カメさんは早口《はやくち》でいった。

「山小屋《やまごや》にカメラを置《お》いたままなんです。早《はや》く取《と》りにもどらないとウサミにおこられちまう」

「ウサミさんはどこです？　ずっといっしょだったんですよね？」

「……え？」

落《お》ち着《つ》きなく貧乏《びんぼう》ゆすりを続《つづ》けていたカメさんの動《うご》きがぴたりと止《と》まった。

「ウサミのやつ……ホテルにもどってきてないんですか？」

警察官《けいさつかん》はだまってうなずいた。

「あなたのおっしゃるその〈山小屋《やまごや》〉には、ウサミさんはいらっしゃらないのですね？」

「はい……夜《よる》のうちにホテルへたどり着《つ》いたのだとばかり思《おも》ってて……」

「ウサミさんはまだ見《み》つかっていません。今《いま》も外《そと》をさまよっているなら、天気《てんき》のよいうちに見《み》つけなければなりませんね。そのためにはあなたからの情報《じょうほう》が必要《ひつよう》です。林《はやし》の中《なか》でなにがあったのかくわしく教《おし》えてください」

おびえた顔《かお》を周《まわ》りの人《ひと》たちに向《む》け、カメさんはぽつりぽつりとしゃべり始《はじ》めた。

「昨日《きのう》の午後《ごご》、〈迷《まよ》いの森《もり》〉の中《なか》で撮影《さつえい》をしていたら、急《きゅう》に天気《てんき》が悪《わる》くなってきて……ふぶきでどこを歩《ある》いているのかまったくわからなくなるわ、スマホもつながらないわで、これはまずいことになったぞとあせり始《はじ》めたところで偶然《ぐうぜん》山小屋《やまごや》を見《み》つけたんです。……僕《ぼく》とウサミはひとまずその山小屋《やまごや》へ避難《ひなん》し、ふぶきがおさまるのを待《ま》つことにしました」

カメさんの話《はなし》を聞《き》いて、捜索隊《そうさくたい》のひとりがなぜか首《くび》をかしげた。理由《りゆう》はわからない。

「結局《けっきょく》、日《ひ》が暮《く》れても雪《ゆき》はやまず、僕《ぼく》たちは山小屋《やまごや》で一夜《いちや》を明《あ》かすことにしたんですが、あいつ、用《よう》をたしてくるからといって小屋《こや》の外《そと》へ出《で》ていったきりいつまで経《た》ってももどってこなくて……」

カメさんは自分《じぶん》のうでをさすり、ぶるりとからだをふるわせた。

「ウサミは運《うん》よくホテルの明《あ》かりを見《み》つけたのかと……。そのまま俺《おれ》をほったらかしにして、ひとりでホテルにもどったにちがいないって思《おも》ってました。そういうヤツなんです。だから、僕《ぼく》もウサミを探《さが》しに外《そと》へ出《で》るようなことはせず、朝《あさ》が来《く》るのを待《ま》ちました」

そこでひと息《いき》つき、その場《ば》にいたみんなの顔《かお》をひととおり見回《みまわ》す。その目《め》は左右《さゆう》にきょろきょろと動《うご》き、ひどく落《お》ち着《つ》きがない。

「いつの間《ま》にか寝《ね》てしまったらしく、目《め》を覚《さ》ますと窓《まど》の外《そと》はすっかり明《あか》るくなっていました。小屋《こや》の外《そと》に出《で》ると……スマホは相変《あいか》わらず圏外《けんがい》だし、GPS《ジーピーエス》もくるって使《つか》いものにならなかったので、カンをたよりに降《ふ》り積《つ》もった雪《ゆき》の中《なか》を歩《ある》きました。こしまでうまり、なかなか進《すす》むことができませんでしたが、だんだんリフトの動《うご》く音《おと》や人《ひと》の声《こえ》が聞《き》こえてきて……ようやく〈迷《まよ》いの森《もり》〉から抜《ぬ》け出《だ》すことができたんです」

「君《きみ》の友達《ともだち》はまだ山小屋《やまごや》の近《ちか》くにいるのかもしれないな」

警察官《けいさつかん》があごをなでながらいう。

「すぐにその小屋《こや》へ――」

「いや、ちょっと待《ま》ってくれ」

茶色《ちゃいろ》のニット帽《ぼう》を目深《まぶか》にかぶった初老《しょろう》の男性《だんせい》が、警察官《けいさつかん》の言葉《ことば》をさえぎった。先《さき》ほど首《くび》をひねっていた捜索隊《そうさくたい》のひとりだ。

「カメヤマさんが遭難《そうなん》していた場所《ばしょ》はこのあたりだと思《おも》うんだが……」

テーブルの上《うえ》に広《ひろ》げた〈占見山《うらみやま》〉周辺《しゅうへん》の地図《ちず》を指差《ゆびさ》しながら続《つづ》ける。

「中腹《ちゅうふく》のスギ林《ばやし》――〈迷《まよ》いの森《もり》〉と呼《よ》ばれてるところには山小屋《やまごや》なんてないはずなんだがなあ」

「え……でも、僕《ぼく》は確《たし》かに」

カメさんが口《くち》をとがらせる。

「小屋《こや》の周《まわ》りにはなにがあった？」

捜索隊員《そうさくたいいん》の質問《しつもん》に、カメさんはまゆをひそめて困《こま》った顔《かお》を見《み》せた。

「スギの木《き》と雪以外《ゆきいがい》にはなにも……ああ、そうだ。ヒグラシの鳴《な》き声《ごえ》が聞《き》こえました」

「ヒグラシ？」

今度《こんど》はカメさん以外《いがい》の人《ひと》たちがまゆをひそめる番《ばん》だった。

「ヒグラシって……セミの？」

警察官《けいさつかん》の質問《しつもん》にカメさんはうなずく。

「ウサミが小屋《こや》の外《そと》へ出《で》る直前《ちょくぜん》に鳴《な》き出《だ》して、それから朝《あさ》までずっと……。今朝《けさ》、僕《ぼく》が小屋《こや》を出《で》たときもまだうるさく鳴《な》いていました」

セミがこんな季節《きせつ》に鳴《な》くはずがない。きっと、セミの声《こえ》に似《に》たなにかだったのだろう。

強面《こわもて》の警察官《けいさつかん》は地元《じもと》に住《す》んでいる捜索隊《そうさくたい》の人《ひと》たちの顔《かお》を見回《みまわ》した。ヒグラシの鳴《な》き声《ごえ》に似《に》た音《おと》に心当《こころあ》たりがあるか探《さぐ》ったのだろうが、みんな首《くび》をひねるばかりで口《くち》を開《ひら》く者《もの》はだれもいない。

「寒《さむ》さで意識《いしき》が朦朧《もうろう》としていて、幻聴《げんちょう》が聞《き》こえたんじゃないのか？」

捜索隊《そうさくたい》のひとりが口《くち》にした言葉《ことば》に、カメさんはむっとした表情《ひょうじょう》をうかべた。

「幻聴《げんちょう》なんかじゃありません。ずっとカメラを回《まわ》していましたから、セミの声《こえ》も記録《きろく》されているはずです。でも、山小屋《やまごや》にスマホ以外《いがい》の荷物《にもつ》を置《お》いてきてしまったので……」

カメさんはソファから立《た》ち上《あ》がった。

「だから、今《いま》すぐカメラを取《と》りに小屋《こや》へもどらないと――」

再《ふたた》びみんなの前《まえ》からはなれようとしたカメさんのうでをクロさんがつかむ。

「なんですか？」

カメさんはむっとした表情《ひょうじょう》をクロさんに向《む》けた。

「絶対《ぜったい》に必要《ひつよう》なものなんです。早《はや》く取《と》りにいかないと」

「そのからだじゃ無理《むり》です。荷物《にもつ》は僕《ぼく》たちが回収《かいしゅう》します。カメヤマさんは部屋《へや》でゆっくり休《やす》んで、からだを回復《かいふく》させることに集中《しゅうちゅう》してください」

たけし君《くん》がナオちゃんの耳《みみ》もとに顔《かお》を近《ちか》づけてなにやらささやいている姿《すがた》が見《み》えた。ナオちゃんは小《ちい》さくうなずく。……なんの話《はなし》をしているんだろう？

「手《て》をはなしてください！」

カメさんは声《こえ》をあららげた。

「大切《たいせつ》なものなんです！」

「命《いのち》より大切《たいせつ》なわけではないでしょう？　お願《ねが》いです。あの林《はやし》は危険《きけん》なんですよ。僕《ぼく》のいうことに従《したが》ってもらえませんか？」

「はなせ！」

カメさんの声《こえ》はますます大《おお》きくなる。

「あれは命《いのち》よりも大切《たいせつ》なものなんだ！」

あたりにつばをまき散《ち》らしながらカメさんは続《つづ》けた。

「ビデオカメラには冬《ふゆ》に鳴《な》くセミの声《こえ》が本当《ほんとう》に入《はい》っている。それだけじゃない。信《しん》じられないような怪奇現象《かいきげんしょう》もいくつか撮影《さつえい》したんだ。ひょっとしたらマリアの姿《すがた》だってとらえているかもしれない。もしそうなら大《だい》スクープだ。だから、早《はや》くカメラを――」

そこまでしゃべったところで、カメさんは大《おお》きなくしゃみを連発《れんぱつ》した。山小屋《やまごや》で夜《よ》を明《あ》かしたために風邪《かぜ》をひいたのだろうか？

「ほら、いわんこっちゃない」

クロさんが苦笑《くしょう》する。

「鼻《はな》の奥《おく》がちょっとむずむずしただけです。体調《たいちょう》はすっかりよくなりましたから」

カメさんは鼻水《はなみず》をすすりながら、上着《うわぎ》のポケットに手《て》を入《い》れた。カメの刺《し》しゅうがほどこされたハンカチを取《と》り出《だ》し、鼻水《はなみず》をぬぐう。

「体調《たいちょう》がよくなったって……そんなわけないでしょう？　顔《かお》は真《ま》っ青《さお》だし、声《こえ》だってかすれてる」

「もともと不健康《ふけんこう》な顔色《かおいろ》なんです。僕《ぼく》のことは放《ほう》っておいてもらえま――」

突然《とつぜん》、カメさんの言葉《ことば》が止《と》まった。

「ぐぐぐ……」

代《か》わりに、奇妙《きみょう》な声《こえ》がカメさんの口《くち》からもれる。顔《かお》に太《ふと》い静脈《じょうみゃく》がうき出《だ》すのがわかった。眼球《がんきゅう》が大《おお》きくふくれあがり、今《いま》にもこぼれ落《お》ちそうになる。

カメさんの異変《いへん》に気《き》づいた人《ひと》たちの表情《ひょうじょう》が変《か》わった。ロビーのあちこちからざわめきが聞《き》こえてくる。

カメさんはクロさんの手《て》をふりほどくと、

「ぐがあああっ！」

おたけびをあげながら苦《くる》しそうに胸《むね》をかきむしった。

身《み》に着《つ》けていたウェアが一気《いっき》にさける。むき出《だ》しになったはだはまたたく間《ま》に青《あお》く染《そ》まり、膨《ぼう》張《ちょう》していった。

これまでにも幾度《いくど》となく目《め》にした光景《こうけい》。

なにが起《お》こっているのかわからず呆然《ぼうぜん》とたたずむ警察官《けいさつかん》や捜索隊《そうさくたい》の人《ひと》たちよりは、まだぼくたちのほうがしっかりしていたはずだ。

そう――数秒《すうびょう》と経《た》たぬうちに、カメさんはブルーベリー色《いろ》の巨人《きょじん》へと変化《へんか》していった。

# 14 消《き》えたふたり

突如現《とつじょあらわ》れたブルーデーモンに、ホテルのロビーは大混乱《だいこんらん》となった。

悲鳴《ひめい》をあげて逃《に》げまどう者《もの》。ショックを受《う》けてたおれる者《もの》。目《め》の前《まえ》の出来事《できごと》が信《しん》じられずにただ立《た》ちつくす者《もの》。

怪物《かいぶつ》は落《お》ち着《つ》きなくあたりを見回《みまわ》しながら、

**ぶおおおおおおっ！**


鼓膜《こまく》が破《やぶ》れそうになるほどの大声《おおごえ》をあげた。その衝撃《しょうげき》で壁《かべ》にかけられた絵画《かいが》がカタカタと音《おと》を立《た》ててゆれる。

フロント前《まえ》にかざってあった花《か》びんが大《おお》きくかたむいた。その近《ちか》くには幼《おさな》い男《おとこ》の子《こ》が立《た》っている。男《おとこ》の子《こ》は興味津々《きょうみしんしん》の面持《おもも》ちで青《あお》い怪物《かいぶつ》――ブルーデーモンをながめていた。

花《か》びんが男《おとこ》の子《こ》の頭《あたま》めがけて落下《らっか》する。

あぶない！

ぼくは大声《おおごえ》をあげ、男《おとこ》の子《こ》に向《む》かって突進《とっしん》した。花《か》びんに体当《たいあ》たりすることで落下《らっか》の軌道《きどう》を変《か》えようと考《かんが》えたのだが、それよりも早《はや》く、クロさんが男《おとこ》の子《こ》をかかえて床《ゆか》を勢《いきお》いよく転《ころ》がった。

「大丈夫《だいじょうぶ》？」

ハルナ先生《せんせい》が男《おとこ》の子《こ》のそばにかけ寄《よ》る。男《おとこ》の子《こ》はクロさんのうでの中《なか》できょとんとした表情《ひょうじょう》をうかべていた。どうやらけがはないようだ。

「この子《こ》をたのむ」

クロさんはハルナ先生《せんせい》に子供《こども》をあずけると、動揺《どうよう》して動《うご》けないホテルスタッフのもとへと走《はし》っていった。

スタッフに指示《しじ》を出《だ》すクロさんをながめていると、急《きゅう》にからだが宙《ちゅう》にういた。ひろし君《くん》がぼくをだきかかえたのだ。

「タケル君《くん》。暖炉《だんろ》のほうに回《まわ》って思《おも》いきりほえてください」

ひろし君《くん》はぼくにそうささやいた。

「タケル君《くん》が鳴《な》いたとき、あのブルーデーモンはほんの一瞬《いっしゅん》、動《うご》きを止《と》めました。どうやら、犬《いぬ》が苦手《にがて》なノーマルタイプのようです。ホテル内《ない》で暴《あば》れられると被害《ひがい》が大《おお》きくなります。まずはホテルの外《そと》へと追《お》いやることにしましょう」

外《そと》にもたくさんのお客《きゃく》さんがいるよ。大丈夫《だいじょうぶ》なの？

「ホテルの周《まわ》りにはゆうべ降《ふ》った新雪《しんせつ》が残《のこ》っています。ブルーデーモンの大《おお》きなからだは、雪《ゆき》の上《うえ》ではしずみやすく、きっと動《うご》きが緩慢《かんまん》になるはずです」

なるほど、そういうことか。

ぼくはマロンちゃんを従《したが》え、暖炉《だんろ》の前《まえ》へと走《はし》った。

「みなさん、自動《じどう》ドアの前《まえ》からはなれてください！」

ぼくとひろし君《くん》の動《うご》きから、ぼくたちがこれからなにをやろうとしているのか瞬時《しゅんじ》にさとったのだろう。クロさんが入《い》り口前《ぐちまえ》にいたお客《きゃく》さんたちをロビーのはしへと移動《いどう》させる。

『マロンちゃん、あの怪物《かいぶつ》をおどかしたいんだ。いっしょに大声《おおごえ》を出《だ》して！』

ブルーデーモンの周《まわ》りにだれもいなくなったことを確認《かくにん》して、ぼくはできる限《かぎ》り勇《いさ》ましくほえた。マロンちゃんもあとに続《つづ》く。

ブルーデーモンはぼくとマロンちゃんに背中《せなか》を向《む》けると、あわてた様子《ようす》でドスドスと走《はし》り始《はじ》めた。開《ひら》いた自動《じどう》ドアに大《おお》きなからだを無理《むり》やりおしこみ、全身《ぜんしん》を不気味《ぶきみ》に変形《へんけい》させながらホテルの外《そと》へと逃《に》げ出《だ》す。

ぼくたちも怪物《かいぶつ》のあとを追《お》ってゲレンデに出《で》た。ひろし君《くん》の目論見《もくろみ》どおり、怪物《かいぶつ》はひどく動《うご》きにくそうだ。

ゲレンデは大勢《おおぜい》のお客《きゃく》さんでにぎわっていたが、クロさんが機転《きてん》を利《き》かせ、警察官《けいさつかん》や捜索隊《そうさくたい》の人《ひと》たちと協力《きょうりょく》しながら素早《すばや》くみんなを避難《ひなん》させたため、大《おお》きな混乱《こんらん》にはならなかった。一定《いってい》のきよりを保《たも》ちながら怪物《かいぶつ》のあとを追《お》いかけたり、何枚《なんまい》も写真《しゃしん》を撮影《さつえい》したり、むしろブルーデーモンの出現《しゅつげん》を楽《たの》しんでいるようにさえ見《み》える。数《すう》ヵ月前《げつまえ》から世間《せけん》で話題《わだい》にのぼっている〈青鬼《あおおに》〉が目《め》の前《まえ》に現《あらわ》れたのだ。みんな、ブルーデーモンの本当《ほんとう》のこわさを知《し》らないのだから、そんな反応《はんのう》をするのも仕方《しかた》がないのかもしれない。

「タケル君《くん》、追《お》いかけるのはここまでにしましょう。これ以上《いじょう》、ブルーデーモンを刺激《しげき》するのは危険《きけん》です」

ひろし君《くん》にそういわれ、ぼくは動《うご》きを止《と》めた。

怪物《かいぶつ》はゆるやかな斜面《しゃめん》を四《よ》つんばいになりながら必死《ひっし》で上《のぼ》っていく。ゲレンデのお客《きゃく》さんたちにはまるで興味《きょうみ》がないようだ。

「あいつ、どこへ行《い》くつもりなんだろう?」

卓郎君《たくろうくん》が怪物《かいぶつ》の後《うし》ろ姿《すがた》をながめながらいう。

「山小屋《やまごや》へ向《む》かおうとしているんじゃない？　ブルーデーモンに変《か》わってしまう前《まえ》、ビデオカメラのことをものすごく気《き》にしていたから」

たぶん、美香《みか》ちゃんのいうとおりなのだろう。

まもなくして、ゲレンデに設置《せっち》されたスピーカーから緊急放送《きんきゅうほうそう》が流《なが》れ始《はじ》めた。

『現在《げんざい》、パラダイスゲレンデ内《ない》を大型《おおがた》の野生動物《やせいどうぶつ》が徘徊《はいかい》しております。お客様《きゃくさま》はスタッフの指示《しじ》に従《したが》い、安全《あんぜん》な場所《ばしょ》へ避難《ひなん》してください。危険《きけん》ですので動物《どうぶつ》には絶対《ぜったい》に近《ちか》づかないようお願《ねが》いいたします』

同時《どうじ》にペアリフトが停止《ていし》する。リフトに乗《の》ったままのお客《きゃく》さんは不安《ふあん》そうだが仕方《しかた》がない。リフト降《お》り場《ば》は〈迷《まよ》いの森《もり》〉のすぐ近《ちか》くだ。ブルーデーモンと出《で》くわす可能性《かのうせい》が高《たか》くなる。ブルーデーモンがスギ林《ばやし》の中《なか》へ入《はい》っていくまではリフトを止《と》めておいたほうが安全《あんぜん》だろう。

クロさんはスタッフたちの間《あいだ》をいそがしく動《うご》き回《まわ》っていた。ここまで迅速《じんそく》にことが運《はこ》んだのはクロさんがブルーデーモンの行動《こうどう》を予測《よそく》して、各《かく》スタッフに的確《てきかく》な指示《しじ》を出《だ》していたからにちがいない。

「化《ば》け物《もの》のあとを追《お》いかけなくていいのか？」

卓郎君《たくろうくん》がひろし君《くん》にたずねる。

「僕《ぼく》たちにできることはここまでですね。深追《ふかお》いは危険《きけん》です。あとはクロさんら大人《おとな》のかたたちに任《まか》せることにしましょう」

ひろし君《くん》はブルーデーモンの後《うし》ろ姿《すがた》に目《め》をやりながらそう答《こた》えた。ぼくもひろし君《くん》の意見《いけん》に賛《さん》成《せい》だ。ブルーデーモンへと変態《へんたい》したカメさんは人間《にんげん》におそいかかろうとはしていない。むしろ、ひどくとまどっているように見《み》えた。あえてこちらから刺激《しげき》する必要《ひつよう》はないだろう。

それに〈迷《まよ》いの森《もり》〉には悪霊《あくりょう》と思《おぼ》しき存在《そんざい》がひそんでいる。足《あし》をふみ入《い》れたら、どんなおそろしいことが待《ま》ち受《う》けているかわからない。カメさんがいきなりブルーデーモンに変《か》わってしまった理由《りゆう》も、もしかしたら悪霊《あくりょう》が関係《かんけい》しているのかもしれない。

ホテルの前《まえ》に白《しろ》い布切《ぬのき》れのようなものが落《お》ちていた。近《ちか》づいて確認《かくにん》してみると、それはハンカチだった。カメの刺《し》しゅうが入《はい》っている。たぶん、カメさんがくしゃみをしたあとに使《つか》っていたものだ。

ハンカチには青《あお》い粉《こな》のようなものが付着《ふちゃく》していた。そういえばこのハンカチで鼻《はな》の周《まわ》りをぬぐったあと、カメさんはブルーデーモンに変《か》わったんじゃなかったっけ？

イヤな予感《よかん》がした。

この青《あお》い粉《こな》、一体《いったい》なんだろう？

ハンカチに鼻《はな》を近《ちか》づけようとしたそのとき、

「ねえ、ナオちゃんとたけし君《くん》はどこ？」

イズミさんのあせったような声《こえ》が届《とど》いた。

顔《かお》を上《あ》げてあたりを見回《みまわ》す。イズミさんのいうとおり、ナオちゃんとたけし君《くん》が見当《みあ》たらない。ホテルの中《なか》へかけこんだが、ロビーにもふたりの姿《すがた》はなかった。いわれてみれば、ブルーデーモンが現《あらわ》れたときには、すでにロビーにいなかったような気《き》がする。

再《ふたた》びホテルの外《そと》に出《で》ると、

「おい、大変《たいへん》だ！」

スマホの画面《がめん》を見《み》ながら卓郎君《たくろうくん》が大声《おおごえ》をあげたところだった。

「ナオからのメッセージだ。〈昨日《きのう》カメさんに助《たす》けてもらったお礼《れい》を、たけし君《くん》がどうしてもしたいんだって。だからたけし君《くん》といっしょに、カメさんのビデオカメラを山小屋《やまごや》まで取《と》りにいってくるね〉って書《か》いてある！」

カメさんがビデオカメラを取《と》りに山小屋《やまごや》へ行《い》くと主張《しゅちょう》していたとき、たけし君《くん》がナオちゃんになにか耳打《みみう》ちしていたことを思《おも》い出《だ》す。あの直後《ちょくご》、ふたりはホテルを抜《ぬ》け出《だ》して〈迷《まよ》いの森《もり》〉へ向《む》かったにちがいない。

「ダメだ。ナオに電話《でんわ》をかけてみたけど、つながらない」

卓郎君《たくろうくん》は舌打《したう》ちをした。〈迷《まよ》いの森《もり》〉の中《なか》ではスマホがつながらなかったとカメさんが話《はな》していたことを思《おも》い出《だ》す。

ナオちゃんとたけし君《くん》がホテルを出《で》たあと、カメさんがブルーデーモンになりひと騒動《そうどう》あって……リフトが止《と》まるまでには五分以上《ごふんいじょう》かかったと思《おも》う。その間《あいだ》にナオちゃんとたけし君《くん》はリフト降《お》り場《ば》に到着《とうちゃく》したのではないだろうか？　だとしたら、今《いま》は〈迷《まよ》いの森《もり》〉の中《なか》だ。

まずい。

このままだとふたりは、スギ林《ばやし》の中《なか》でブルーデーモンとはち合《あ》わせしてしまうかもしれない。

ひろし君《くん》も同《おな》じ考《かんが》えにいたったようだ。マフラーを首《くび》に巻《ま》き直《なお》し、リフト乗《の》り場《ば》へと走《はし》っていく。

「おい、ひろし。どこへ行《い》くんだ？　リフトは止《と》まってるんだぞ」

卓郎君《たくろうくん》が呼《よ》び止《と》める。

「卓郎君《たくろうくん》と美香《みか》さんはイズミさんといっしょにホテルで待機《たいき》していてもらえますか？　もし桜田《さくらだ》さんと連絡《れんらく》が取《と》れたら、すぐにホテルへもどるよう伝《つた》えてください」

ひろし君《くん》は早口《はやくち》でそう告《つ》げると、雪《ゆき》をけって先《さき》へと進《すす》んだ。

『ふたりを助《たす》けにいってくる』

ぼくはマロンちゃんにそう告《つ》げた。

『だからちょっとの間《あいだ》、みんなを守《まも》っててもらえるかな？』

『もちろん』

マロンちゃんは力強《ちからづよ》くうなずいた。

『タケル君《くん》も気《き》をつけて。無茶《むちゃ》をしないでね』

『ああ』

ぼくは短《みじか》く返事《へんじ》をすると、マロンちゃんにおしりを向《む》け、ひろし君《くん》のあとを追《お》いかけた。

ひろし君《くん》は、リフト乗《の》り場《ば》の前《まえ》でスタッフに指示《しじ》をあたえていたクロさんのうでをつかんだ。

クロさんのかたにのっていたミミがこちらを見《み》る。

「ひろし君《くん》、なにをやってるの？」

そばにいたハルナ先生《せんせい》が困惑《こんわく》の表情《ひょうじょう》をひろし君《くん》に向《む》けた。

「ここは危《あぶ》ないわ。早《はや》くホテルへもどって――」

そこまでしゃべったところで、ハルナ先生《せんせい》はコートのポケットからスマホを取《と》り出《だ》した。

「ユズキ？　大丈夫《だいじょうぶ》なの？」

スマホに向《む》かって話《はな》しかける。ユズキちゃんから電話《でんわ》がかかってきたらしい。

「風《かぜ》の音《おと》が聞《き》こえるけど、あなた今《いま》、どこにいるの？　まだ熱《ねつ》があるんでしょう？　こっちのことは心配《しんぱい》しなくていいから、あなたはからだを休《やす》めることにだけ専念《せんねん》してちょうだい」

「クロさんは、スノーモービルを運転《うんてん》できますか？」

ハルナ先生《せんせい》がユズキちゃんとスマホごしに会話《かいわ》を交《か》わす横《よこ》で、ひろし君《くん》はクロさんにそうたずねた。リフト乗《の》り場《ば》の近《ちか》くにはスノーモービルが何台《なんだい》も並《なら》んでいる。

「ああ、できるよ。そこにあるものを借《か》りられるか、確認《かくにん》してみよう。どこに向《む》かうかだけ教《おし》えてくれないか？」

さすがクロさんだ。ひろし君《くん》の言葉《ことば》から、新《あら》たなトラブルが発生《はっせい》したことを一瞬《いっしゅん》で見抜《みぬ》いたのだろう。ひろし君《くん》は、ナオちゃんとたけし君《くん》が〈迷《まよ》いの森《もり》〉へ出《で》かけてしまったことを手短《てみじか》に説明《せつめい》した。

「このままだと、ふたりはブルーデーモンと接触《せっしょく》してしまうかもしれません。助《たす》けにいかないと」

「ねえ、あなた、さっきから全然《ぜんぜん》せきが止《と》まらないじゃない。早《はや》く部屋《へや》にもどって」

ハルナ先生《せんせい》とユズキちゃんの会話《かいわ》はまだ続《つづ》いている。

「あなた、今《いま》どこにいるの？」

すぐそばでクラクションの音《おと》が聞《き》こえた。

ホテルの前《まえ》にオリーブ色《いろ》のいかつい車《くるま》が停《と》まり、車内《しゃない》から迷彩服《めいさいふく》を着《き》た見《み》るからに屈強《くっきょう》そうな男《おとこ》の人《ひと》たちが現《あらわ》れる。

「……自衛隊《じえいたい》だ」

迷彩服《めいさいふく》の男《おとこ》たちを見《み》て、クロさんはつぶやいた。

彼《かれ》らはぼくたちのほうへやってくると、すぐさまスノーモービルに乗《の》りこんだ。ブルーデーモンを追《お》いかけるつもりなのだろう。中《なか》には猟銃《りょうじゅう》のようなものを持《も》っている人《ひと》までいる。

「怪物《かいぶつ》は男性《だんせい》をひとりさらって逃走中《とうそうちゅう》。さらわれた男性《だんせい》はもしかしたらすでに食《た》べられてしまったかもしれないとのことであります」

「急《いそ》げ。見《み》つけ次第《しだい》、射殺《しゃさつ》してもかまわん」

自衛隊員同士《じえいたいいんどうし》のやりとりが聞《き》こえてくる。

「厄介《やっかい》なことになったな」

クロさんがまゆをひそめる。

「彼《かれ》らはブルーデーモンの正体《しょうたい》がカメヤマ君《くん》だとわかっていないらしい」

無理《むり》もなかった。人間《にんげん》が怪物《かいぶつ》に変化《へんか》するなんて、すぐには信《しん》じられるはずもない。

「自衛隊《じえいたい》とカメヤマさんの攻防《こうぼう》に、たけし君《くん》たちがまきこまれてしまう可能性《かのうせい》だってあります。早《はや》くどうにかしないと」

「『あたしに任《まか》せて』って……え？　ユズキ、どういうこと？」

スマホをにぎりしめたまま、ハルナ先生《せんせい》が首《くび》をかしげる。

次《つぎ》の瞬間《しゅんかん》、怪物《かいぶつ》の咆哮《ほうこう》があたりにとどろいた。ゲレンデをふり返《かえ》ると、お客《きゃく》さん、スタッフ、警察官《けいさつかん》、自衛隊員《じえいたいいん》——全員《ぜんいん》が同《おな》じ方向《ほうこう》を見《み》つめてあっけにとられた表情《ひょうじょう》をうかべている。

視線《しせん》はホテルのてっぺん——屋根《やね》の上《うえ》へと向《む》けられていた。

……え？

思《おも》わず声《こえ》がもれる。

そこには青《あお》い巨人《きょじん》が立《た》っていた。

ゲレンデを上《のぼ》っていったはずなのに、どうしてあんなところに？

「あれ……ユズキだわ」

ハルナ先生《せんせい》がぼそりとつぶやく。

「すぐに捕獲《ほかく》しろ！」

自衛隊員《じえいたいいん》たちはスノーモービルから下《お》りると、ホテルに向《む》かって突進《とっしん》を始《はじ》めた。

「騒動《そうどう》を知《し》って、おとりになってくれたんだな」

クロさんがいう。

「まだ熱《ねつ》が下《さ》がってないっていうのに……無茶《むちゃ》をして……」

ハルナ先生《せんせい》は不安《ふあん》げに屋根《やね》の上《うえ》を見《み》つめた。ブルーデーモンの姿《すがた》はもう見当《みあ》たらない。ユズキちゃんは自分《じぶん》の意思《いし》で自由《じゆう》にブルーデーモンに姿《すがた》を変《か》えることができる。すぐに人間《にんげん》の姿《すがた》にもどったのであれば安心《あんしん》だろう。

「チャンスだ。行《い》こう」

そういって、クロさんは自衛隊員《じえいたいいん》が放《ほう》り出《だ》していったスノーモービルに乗《の》りこんだ。ハルナ先《せん》生《せい》があとに続《つづ》く。ぼくもハルナ先生《せんせい》といっしょに飛《と》び乗《の》った。

「ひろし君《くん》、あなたはダメよ。ホテルで待《ま》っていて」

最後《さいご》に乗《の》りこもうとしたひろし君《くん》をハルナ先生《せんせい》は制止《せいし》しようとしたが、

「いや、ひろし君《くん》にも来《き》てもらったほうがいい」

スノーモービルのエンジンをかけながらクロさんはいった。

「ひろし君《くん》は僕《ぼく》たち大人《おとな》よりもはるかに観察眼《かんさつがん》と洞察力《どうさつりょく》が優《すぐ》れているからね。それに……残念《ざんねん》ながら僕《ぼく》はナオにもたけし君《くん》にも信用《しんよう》されていない。僕《ぼく》が近《ちか》づいたらふたりが逃《に》げてしまう可能性《かのうせい》だってあるだろう？」

それは確《たし》かにそのとおりかもしれない。

「だけど……もし怪物《かいぶつ》に出《で》くわしたら……」

ハルナ先生《せんせい》は不安《ふあん》そうな視線《しせん》をひろし君《くん》に向《む》けた。

「子供《こども》たちを危険《きけん》な目《め》にあわせたくないの」

「大丈夫《だいじょうぶ》。こっちにはミミがいるんだ。なにも心配《しんぱい》しなくていい」

そうだ。クロさんとミミ。ブルーデーモンに姿《すがた》を変《か》えることのできる人《ひと》――ミミは人《ひと》じゃなくてウサギだけど――がここにはふたりもいる。カメさんがおそいかかってきたとしても十分《じゅうぶん》に太刀打《たちう》ちできるだろう。

……あれ？

ふと疑問《ぎもん》に思《おも》う。

――こっちにはミミがいるんだ。

クロさんはそう口《くち》にした。

なぜ、ミミだけなのだろう？　クロさんだってブルーデーモンに変身《へんしん》できるはずなのに。

# 15〈迷《まよ》いの森《もり》〉の怪物《かいぶつ》

ひろし君《くん》が後部座席《こうぶざせき》に乗《の》りこんだことを確認《かくにん》すると、クロさんはスノーモービルを急発進《きゅうはっしん》させた。

そのまま勢《いきお》いよくゲレンデを上《のぼ》っていく。

後《うし》ろをふり返《かえ》ったが、ぼくたちのことを気《き》にする者《もの》はいない。みんな、ホテルの屋上《おくじょう》に現《あらわ》れたブルーデーモンに動揺《どうよう》して、それどころではないのだろう。

ひろし君《くん》はスノーモービルを運転《うんてん》するクロさんの背中《せなか》をじっと見《み》つめている。

やがて、〈迷《まよ》いの森《もり》〉の前《まえ》にたどり着《つ》いた。リフト降《お》り場《ば》周辺《しゅうへん》に人《ひと》かげはない。全員《ぜんいん》、安全《あんぜん》な場所《ばしょ》に避難《ひなん》したようだ。

〈立入禁止《たちいりきんし》〉の看板《かんばん》の前《まえ》に、二種類《にしゅるい》の足《あし》あとを見《み》つける。鼻先《はなさき》を近《ちか》づけるとナオちゃんとたけし君《くん》のにおいがした。そこから五《ご》メートルほどはなれた場所《ばしょ》にもうひとつ、大人《おとな》の足《あし》あとが残《のこ》っている。

「これはカメヤマさんのはいていたスノーシューズのあとですね。模様《もよう》に特徴《とくちょう》がありますから」

しゃがみこみ、足《あし》あとに顔《かお》を近《ちか》づけながらひろし君《くん》はいった。スノーシューズの裏側《うらがわ》の模様《もよう》を覚《おぼ》えているなんて、とんでもない観察眼《かんさつがん》と記憶力《きおくりょく》だが、ここにいるだれも、もはやそんなことではおどろかない。

「ここに来《く》る途中《とちゅう》で人間《にんげん》にもどったってこと？」

ハルナ先生《せんせい》がクロさんにたずねる。

「ああ、そうだろうね」

「でも、ブルーデーモンに姿《すがた》を変《か》えたとき、服《ふく》は破《やぶ》れてたし、くつだってきっとさけちゃったはずでしょう？　どうしてもとにもどっているの？」

「ブルーデーモンは自《みずか》らの細胞《さいぼう》を分解《ぶんかい》、再構築《さいこうちく》して、身《み》に着《つ》けていたものまで正確《せいかく》に再生《さいせい》する能《のう》力《りょく》を持《も》っているんだよ。そうじゃなかったら、変身《へんしん》を解《と》いたときはいつもはだかのままになってしまうだろう？」

いわれてみればそのとおりだ。クロさんもユズキちゃんも、ジョーさんやリリーさんだって、ブルーデーモンからもとの姿《すがた》にもどったときはちゃんと服《ふく》を着《き》ていた。ブルーデーモンとは何度《なんど》も対峙《たいじ》しているけれど、まだまだぼくたちの知《し》らない秘密《ひみつ》がたくさんかくされているようだ。

大人《おとな》の足《あし》あとからはまちがいなくカメさんのにおいがした。どちらの足《あし》あともスギ林《ばやし》の奥《おく》へと続《つづ》いていたが、微妙《びみょう》に進《すす》む方向《ほうこう》がちがっている。

「たけし君《くん》たちは北東《ほくとう》の方向《ほうこう》へ、カメヤマさんは北北東《ほくほくとう》へ向《む》かったようですね」

足《あし》あとを確認《かくにん》しながらひろし君《くん》はいった。コンパスも持《も》っていないのに、方角《ほうがく》を正確《せいかく》に把握《はあく》していることにも、とくにおどろきはしない。

「よし、行《い》こう」

クロさんを先頭《せんとう》に、ぼくたちはナオちゃんとたけし君《くん》の足《あし》あとを追《お》った。降《ふ》り積《つ》もった雪《ゆき》は昨日以上《きのういじょう》にやわらかかったが、先《さき》を歩《ある》いたナオちゃんとたけし君《くん》が道《みち》を作《つく》ってくれたおかげで、さほど苦労《くろう》せずに先《さき》に進《すす》むことができる。

これならすぐナオちゃんたちに追《お》いつけそうだ、と安心《あんしん》したのもつかの間《ま》、突然《とつぜん》ふたりの足《あし》あとが途絶《とだ》えた。

まさかここで怪物《かいぶつ》におそわれたのか？　とあせったが、そうでないことはすぐにわかった。大量《たいりょう》の雪《ゆき》が勢《いきお》いよくぼくたちの頭上《ずじょう》から降《ふ》り注《そそ》ぐ。ぼくは声《こえ》をあげるひまもなく雪《ゆき》にうもれた。視界《しかい》が真《ま》っ白《しろ》になって上《うえ》も下《した》もわからなくなる。あわてふためくぼくを救《すく》い出《だ》してくれたのはひろし君《くん》だった。

からだをぶるぶるとふるわせて全身《ぜんしん》にまとわりついた雪《ゆき》をはらいのける。その間《あいだ》にもあちらこちらから雪《ゆき》の固《かた》まりが落《お》ちてきた。どうやら、気温《きおん》が上昇《じょうしょう》したことで枝《えだ》に積《つ》もった雪《ゆき》が次々《つぎつぎ》と落《らっ》下《か》しているようだ。そのせいでナオちゃんたちの足《あし》あとが消《き》えてしまったのだろう。

「困《こま》ったな」

クロさんは右手《みぎて》をあごにそえ、難《むずか》しい表情《ひょうじょう》を見《み》せた。

「どちらへ向《む》かえばいいかわからなくなってしまったぞ」

ぼくは鼻《はな》を動《うご》かしてふたりのにおいを探《さが》したが、枝《えだ》から落《お》ちてきた大量《たいりょう》の雪《ゆき》でにおいがかき消《け》されてしまったのか、よくわからない。

「このまままっすぐ進《すす》みましょうよ」

ハルナ先生《せんせい》の提案《ていあん》に、

「いや、それはやめておいたほうがいいだろう」

クロさんは首《くび》を横《よこ》にふった。

「山《やま》の中《なか》では方向感覚《ほうこうかんかく》がくるう。まっすぐ進《すす》んでいるつもりがまったくちがう方向《ほうこう》へ向《む》かっていたなんていうのはよくある話《はなし》だ。ここは慎重《しんちょう》に動《うご》いたほうがいい」

そのあともクロさんはなにやら熱心《ねっしん》にしゃべっていたが、ぼくもハルナ先生《せんせい》もほとんど聞《き》いていなかった。

数《すう》メートル先《さき》に制服姿《せいふくすがた》の女《おんな》の子《こ》が立《た》っていたからだ。

……マリアちゃん。

ぼくは息《いき》をのんだ。

女《おんな》の子《こ》はひどくさみし気《げ》な表情《ひょうじょう》をうかべている。彼女《かのじょ》のからだは透《す》けて向《む》こう側《がわ》の景色《けしき》が見《み》えていたし、両《りょう》あしは雪面《せつめん》からはなれて宙《ちゅう》にうかんでいた。この世《よ》のものでないことは明《あき》らかだ。

でも、不思議《ふしぎ》と邪悪《じゃあく》な気配《けはい》は感《かん》じられない。

「……先生《せんせい》？」

「ハルナさん、一体《いったい》どうしたんだ？」

熱心《ねっしん》に一点《いってん》を見《み》つめ続《つづ》けるハルナ先生《せんせい》を心配《しんぱい》して、ひろし君《くん》とクロさんがほぼ同時《どうじ》に声《こえ》をかけた。やはり、ふたりには女《おんな》の子《こ》の姿《すがた》が見《み》えていないようだ。クロさんのかたの上《うえ》にいるミミにも見《み》えていないのか、ミミはきょとんとした顔《かお》つきであたりを見回《みまわ》している。

「あなた……マリアさんなの？」

ハルナ先生《せんせい》はゆっくりと女《おんな》の子《こ》のそばに近《ちか》づき、そうたずねた。女《おんな》の子《こ》がこくりとうなずく。

「このあたりをふたりの子供《こども》が通《とお》りかかったはずなんだけど、見《み》かけなかったかしら？」

女《おんな》の子《こ》——マリアちゃんは右《みぎ》うでをハルナ先生《せんせい》のほうへのばして手招《てまね》きをすると、ぼくたちに背中《せなか》を向《む》けて歩《ある》き始《はじ》めた。　いや、歩《ある》いているのではない。　雪《ゆき》の上《うえ》をすべるように移動《いどう》していく。

ついてこいといっているのだろうか？　ハルナ先生《せんせい》はマリアちゃんのあとを追《お》いかけ始《はじ》めた。

しかし、すぐに雪《ゆき》の中《なか》に下半身《かはんしん》がうまってしまう。

「大丈夫《だいじょうぶ》？」

クロさんが先生《せんせい》のそばにかけ寄《よ》る。クロさんのかたから下《お》りたミミがハルナ先生《せんせい》の周《まわ》りをぐるぐるとかけ回《まわ》った。

「ナオちゃんたちはこっちにいるって」

マリアちゃんのいる方向《ほうこう》を指差《ゆびさ》してハルナ先生《せんせい》はいった。

「どうしてわかるんだい？」

「それは……」

ハルナ先生《せんせい》は口《くち》ごもった。

「もしかしてハルナさん……マリアが見《み》えるのか？」

先生《せんせい》にクロさんの問《と》いかけに肯定《こうてい》も否定《ひてい》もせず、

「私《わたし》のいうことを信《しん》じてください」

それだけ告《つ》げた。

「ふたりはこっちにいます」

ぼくもハルナ先生《せんせい》と同《おな》じ意見《いけん》だった。なんの根拠《こんきょ》もないけれど、目《め》の前《まえ》にいる女《おんな》の子《こ》は絶対《ぜったい》に悪霊《あくりょう》なんかじゃない。それは彼女《かのじょ》の発《はっ》する気《き》のようなものでわかった。

幽霊《ゆうれい》は決《けっ》してこわいものじゃない。以前《いぜん》、廃校《はいこう》で出会《であ》った幽霊《ゆうれい》の兄弟《きょうだい》――ワタル君《くん》とコウジ君《くん》がそうだったじゃないか。あのふたりはぼくたちを二度《にど》も助《たす》けてくれた。マリアちゃんだってきっと、ぼくたちのことを助《たす》けようとしてくれているのだ。

「わかった。君《きみ》のいうことを信《しん》じるよ。先《さき》を急《いそ》ごう」

クロさんはハルナ先生《せんせい》の前《まえ》に出《で》ると、こしまでうまりながらも懸命《けんめい》に足《あし》もとの雪《ゆき》を固《かた》め、ぼくたちのために道《みち》を作《つく》ってくれた。

ハルナ先生《せんせい》の指示《しじ》でマリアちゃんのあとを追《お》いかける。といっても、この雪深《ゆきぶか》さだ。なかなか先《さき》に進《すす》めない。十分《じっぷん》ほどかけてようやく五十《ごじゅう》メートル移動《いどう》するといった感《かん》じだ。気《き》がつくと、クロさんもハルナ先生《せんせい》もあせだくになっていた。呼吸《こきゅう》も少《すこ》しあらい。そんな中《なか》、ひろし君《くん》だけはあせひとつかかずにすずしい顔《かお》をしている。

三十分《さんじっぷん》ほどが経過《けいか》したころだろうか？　一瞬《いっしゅん》、周《まわ》りに見《み》える木々《きぎ》がぐにゃりとゆがんだような気《き》がした。目《め》をこすってもう一度《いちど》周囲《しゅうい》を確認《かくにん》するが、べつに変《か》わった様子《ようす》はない。

慣《な》れない雪道《ゆきみち》を歩《ある》きすぎてつかれたのかと思《おも》ったけれど、ほかの三人《さんにん》もけげんそうな表情《ひょうじょう》をうかべていた。気《き》のせいではなかったようだ。

「なるほど……そういうことか」

クロさんがぼそりとつぶやいた。

「急《きゅう》に、気温《きおん》と湿度《しつど》が変化《へんか》しましたね。雪《ゆき》が積《つ》もってわかりにくいですが、僕《ぼく》たちの周《まわ》りに生《は》えている木々《きぎ》もスギからダケカンバに変《か》わっています」

「ドウイウコト？」

ミミが首《くび》をかしげる。

「スギガ別《べつ》ノ木《き》ニ変身《へんしん》シタノ？」

「そうじゃなくて僕《ぼく》らが別《べつ》の場所《ばしょ》に瞬間移動《しゅんかんいどう》したんだ」

クロさんはかたをすくめながらそういった。

「空間《くうかん》の一部《いちぶ》がゆがんで別《べつ》の場所《ばしょ》につながっているんだな。だから、ここにやってきた人《ひと》たちはみんな迷《まよ》ってしまうんだ」

「ここはもうスキー場《じょう》の中《なか》じゃないの？」

ハルナ先生《せんせい》が心配《しんぱい》そうにたずねる。

「いえ。上空《じょうくう》に見《み》える雲《くも》の形《かたち》はさほど変《か》わっていませんから、瞬間移動《しゅんかんいどう》したといってもたいしたきょりではないでしょう。占見山《うらみやま》のどこかであることはまちがいありません」

答《こた》えたのはひろし君《くん》だった。

「だが、こうなってしまっては、もと来《き》た道《みち》を引《ひ》き返《かえ》すことはむずかしそうだな。腹《はら》を決《き》めて、マリアのあとについていくしかないだろう」

クロさんはひたいににじんだあせをぬぐい、さらに前進《ぜんしん》した。

右側《みぎがわ》に生《は》えた木《き》の幹《みき》がガサガサと音《おと》を立《た》ててゆれる。

「だれだ？」

クロさんがそちらをにらみつけた。

ブルーデーモン？

ぼくはキバをむき、すぐに攻撃《こうげき》できる態勢《たいせい》を整《ととの》えた。

しかし、木《き》のかげから現《あらわ》れたのはやせ細《ほそ》ったキツネだった。ぼくたちに向《む》かって、クーンとあまえた子犬《こいぬ》みたいな声《こえ》を出《だ》す。敵意《てきい》はなさそうだ。たぶん、エサを探《さが》してさまよい歩《ある》いていたのだろう。

「お腹《なか》が空《す》いているのかしら？　ゴメンね。なにも持《も》っていないわ」

ハルナ先生《せんせい》が申《もう》し訳《わけ》なさそうにいう。

「ア、アレ！」

ミミが前方《ぜんぽう》に顔《かお》を向《む》けて大声《おおごえ》をあげた。先《さき》を歩《ある》くマリアちゃんの背中《せなか》の向《む》こう側《がわ》に小《ちい》さな山小《やまご》屋《や》が見《み》える。

「見《み》つけたぞ！」

クロさんの足取《あしど》りが早《はや》くなった。ぼくたちもそのあとを追《お》いかける。

小屋《こや》の周《まわ》りには足《あし》あとがいくつか残《のこ》っていた。小《ちい》さなものはおそらく、たけし君《くん》とナオちゃんのものだろう。それ以外《いがい》に、カメさんのものだと思《おも》われる足《あし》あとも見《み》つかった。

ふたりとも無事《ぶじ》でいますように。

そう願《ねが》わずにはいられない。

あと数《すう》メートルで山小屋《やまごや》にたどり着《つ》くというところで、

「……ん？」

クロさんが急《きゅう》に動《うご》きを止《と》めた。

「ドウシタノ？」

ミミがクロさんの顔《かお》をのぞきこむ。

「右足《みぎあし》のつま先《さき》になにか固《かた》いものが当《あ》たったんだが……なんだろう？」

クロさんはこしをかがめ、雪《ゆき》をほり始《はじ》めた。

「これは……」

クロさんの顔色《かおいろ》が変《か》わる。クロさんが雪《ゆき》の中《なか》からほり出《だ》したものは星型《ほしがた》の青《あお》い缶《かん》ケースだった。

「……ブルースター？」

ひろし君《くん》が缶《かん》ケースに顔《かお》を寄《よ》せる。

「どうやらそうみたいだね」

ケースの表面《ひょうめん》をなでながらクロさんはいった。

ひろし君《くん》のかたによじ登《のぼ》り、ぼくもそれを確認《かくにん》する。

これまでにも何度《なんど》か見《み》てきたブルースターと同《おな》じ形《かたち》をしているが、あちこちに虫《むし》に食《く》われたような穴《あな》が空《あ》いていた。

クロさんがブルースターのふたを開《あ》ける。パラサイトバグは一匹《いっぴき》も存在《そんざい》せず、中《なか》にはセミのヌケガラが七《なな》つ入《はい》っていた。

「……七《なな》つ。ブルースターに空《あ》いた穴《あな》も七《なな》つですね」

ひろし君《くん》がそう指摘《してき》する。確《たし》かに、缶《かん》ケースには七《なな》つの穴《あな》が空《あ》いていた。

「ブルースターの中《なか》で羽化《うか》したセミがケースを突《つ》き破《やぶ》って出《で》てきたということでしょうか？」

いや、そんなはずはない。ブルースターは銃弾《じゅうだん》すらもはね返《かえ》すくらいがんじょうなのだ。普通《ふつう》のセミには食《く》い破《やぶ》ることなど絶対《ぜったい》にできないだろう。

……普通《ふつう》のセミ。

その言葉《ことば》が脳裏《のうり》に引《ひ》っかかった。

普通《ふつう》ではないセミがブルースターの中《なか》に入《はい》っていたのだとしたら?

——ヒグラシの鳴《な》き声《ごえ》が聞《き》こえました。

カメさんの言葉《ことば》を思《おも》い出《だ》す。

雪深《ゆきぶか》い山《やま》の中《なか》にセミが出現《しゅつげん》するはずはない。だけど、それがセミでなかったら?

**カナカナカナカナ……**

突然《とつぜん》、ヒグラシの声《こえ》があたりにひびきわたった。上空《じょうくう》を一匹《いっぴき》のセミが飛《と》んでいく。食《た》べ物《もの》かと思《おも》ったのか、お腹《なか》を空《す》かせたキツネはセミを追《お》いかけ始《はじ》めた。

ジャンプしてセミをつかまえようとしたそのとき、キツネのからだに異変《いへん》が起《お》こった。茶色《ちゃいろ》かった毛《け》が一気《いっき》に青《あお》く染《そ》まり、からだがふくらみ始《はじ》めたのだ。

なにが起《お》こっているかはすぐに予想《よそう》がついた。これまでに何度《なんど》も見《み》てきた光景《こうけい》だ。

キツネはまたたく間《ま》にブルーデーモンへと変化《へんか》した。上半身《じょうはんしん》はブルーベリー色《いろ》の巨人《きょじん》と同《おな》じ容《よう》姿《し》をしているが、下半身《かはんしん》はキツネのままだ。

**ぶおおおおおっ！**

キツネの怪物《かいぶつ》はおたけびをあげると、ぼくたちに向《む》かって突進《とっしん》を始《はじ》めた。

**カナカナカナカナ……**

ヒグラシの鳴《な》き声《ごえ》もますます大《おお》きくなる。いつの間《ま》にかセミは三匹《さんびき》に増《ふ》えていた。キツネと共《とも》にこちらへ向《む》かってくる。

「ハルナ先生《せんせい》、ひろし君《くん》！　口《くち》もとをかくせ！　息《いき》を止《と》めて山小屋《やまごや》へ逃《に》げこむんだ！　中《なか》に入《はい》ったらすぐにとびらを閉《し》めろ！　いいな？」

クロさんがさけんだ。

「え？　どういうこと？」

「時間《じかん》がない！　早《はや》く！」

クロさんの勢《いきお》いにおされ、ひろし君《くん》とハルナ先生《せんせい》はいわれたとおりに口《くち》をおさえて山小屋《やまごや》の中《なか》へと飛《と》びこんだ。ぼくもふたりの後《うし》ろから山小屋《やまごや》に入《はい》る。

木製《もくせい》の机《つくえ》とイス以外《いがい》はほとんどなにもない殺風景《さっぷうけい》な場所《ばしょ》だった。机《つくえ》のそばにはナオちゃんとたけし君《くん》が座《すわ》りこんでいる。たけし君《くん》は両手《りょうて》で頭《あたま》をかかえながらガタガタとふるえていた。

「ナオさん、たけし君《くん》……無事《ぶじ》でよかった！」

ハルナ先生《せんせい》がふたりをぎゅっとだきしめる。

机《つくえ》の上《うえ》には見覚《みおぼ》えのあるザックが置《お》いてあった。昨日《きのう》、カメさんが持《も》っていたものだ。

「クロさん！」

窓《まど》から外《そと》の様子《ようす》をうかがっていたひろし君《くん》が、らしくない大声《おおごえ》をあげた。

ひろし君《くん》のマフラーを引《ひ》っ張《ぱ》りながら彼《かれ》のかたによじのぼり、窓《まど》の外《そと》を確認《かくにん》する。

クロさんがたおれていた。右《みぎ》うでにはブルーデーモン化《か》したキツネがかみついたままだ。首《くび》を左右《さゆう》に動《うご》かし、クロさんのうでを引《ひ》きちぎろうとしている。

白《しろ》い雪《ゆき》の上《うえ》に、クロさんの真《ま》っ赤《か》な血《ち》が広《ひろ》がっていった。

## 16 パラサイトバグの秘密《ひみつ》

カナカナカナカナ……

小屋《こや》の周《まわ》りを数匹《すうひき》のセミが飛《と》び回《まわ》っていた。

小屋《こや》の壁《かべ》には防音効果《ぼうおんこうか》がほとんどないのか、鳴《な》き声《ごえ》がうるさくてたまらない。

一匹《いっぴき》が窓《まど》に止《と》まる。はねから青《あお》い粉《こな》がこぼれ落《お》ちるのがわかった。

チョウやガのはねにさわると透明《とうめい》な粉《こな》がつくことがある。いわゆる鱗粉《りんぷん》というやつだ。セミのはねからこぼれたその粉《こな》も鱗粉《りんぷん》みたいなものなんだろうか？

ぼくはぼんやりとそんなことを考《かんが》えた。目《め》の前《まえ》の悲惨《ひさん》な現実《げんじつ》から逃《に》げようとしていたのかもしれない。

ダメだ、しっかりしなくちゃ。

奥歯《おくば》をかみしめ、自分《じぶん》にカツを入《い》れる。

雪《ゆき》の上《うえ》にたおれたクロさんがうつろな視線《しせん》をこちらに向《む》けた。その姿《すがた》を見《み》てハルナ先生《せんせい》が悲鳴《ひめい》をあげる。

「クロさん！」

先生《せんせい》は窓《まど》の前《まえ》をはなれ、ドアノブに手《て》をかけた。

先生《せんせい》の声《こえ》はクロさんにも届《とど》いたのだろう。

「……来《く》るな！」

セミの鳴《な》き声《ごえ》に混《ま》じって、クロさんのさけび声《ごえ》が窓《まど》の外《そと》から聞《き》こえた。

「僕《ぼく》は大丈夫《だいじょうぶ》だから、絶対《ぜったい》に小屋《こや》の外《そと》へ出《で》るんじゃない！」

有無《うむ》をいわせぬその口調《くちょう》に、ハルナ先生《せんせい》の動《うご》きが止《と》まる。そのままハルナ先生《せんせい》は、ドアの前《まえ》で泣《な》きくずれた。

ブルーデーモンに姿《すがた》を変《か》えたミミが、クロさんのみぎうでにかみつくキツネの怪物《かいぶつ》をひきはがす。

**しゃあああっ！**

上半身《じょうはんしん》は巨人《きょじん》、下半身《かはんしん》はキツネの怪物《かいぶつ》はかん高《だか》い声《こえ》をあげながら、今度《こんど》は巨人化《きょじんか》したミミの太《ふと》い首《くび》にかみつこうとした。ミミはそれを素早《すばや》くよけ、怪物《かいぶつ》のしっぽをつかんだ。

「おふたりは大丈夫《だいじょうぶ》ですか？」

ナオちゃんとたけし君《くん》のほうをふり返《かえ》り、ひろし君《くん》はいった。たけし君《くん》はさっきからずっとうつむいたままだ。よく見《み》ると、手《て》の甲《こう》にかすり傷《きず》を負《お》っている。ナオちゃんのピンク色《いろ》のウェアもひざのあたりが破《やぶ》けてひどい状態《じょうたい》になっていた。

「なにがあったのですか？」

「セミを追《お》いかけていたリスがね、急《きゅう》に怪物《かいぶつ》になっちゃったの。……だからナオたち、必死《ひっし》でここまで逃《に》げてきたんだ」

セミを追《お》いかけていた動物《どうぶつ》が突然怪物《とつぜんかいぶつ》に……キツネのときと同《おな》じだ。

「その怪物《かいぶつ》はどこへ？」

「わからない。どっかへ消《き》えちゃった」

「カメヤマさんとは会《あ》っていないのですね？」

「うん……机《つくえ》の上《うえ》にザックは置《お》いてあったけど、カメラはなくなってたよ」

よほどこわかったのだろう。ナオちゃんは大《おお》きなため息《いき》をつくと、それっきりなにもしゃべらなくなってしまった。

ひろし君《くん》がザックの中身《なかみ》をすべて取《と》り出《だ》す。水《みず》の入《はい》ったペットボトルが二本《にほん》と折《お》りたたみ式《しき》の雪《ゆき》かき用《よう》シャベル。先端《せんたん》に金属《きんぞく》のリングがついた登山用《とざんよう》ロープにホワイトボードと赤《あか》いマーカーペン。入《はい》っていたのはそれだけだ。ビデオカメラはどこにも見当《みあ》たらない。

「山小屋《やまごや》の周《まわ》りにはカメヤマさんの足《あし》あとが残《のこ》っていました。彼《かれ》がここに来《き》たことはまちがいないでしょう。どうやら、桜田《さくらだ》さんとたけし君《くん》がここに到着《とうちゃく》する前《まえ》に、カメラだけを持《も》って立《た》ち去《さ》ったようですね」

ザックを背負《せお》う体力《たいりょく》が残《のこ》っていなかったのか、あるいはカメラ以外《いがい》はもう必要《ひつよう》ないと判断《はんだん》したのか、理由《りゆう》はよくわからない。

「クロさん、教《おし》えてください！」

ひろし君《くん》は窓《まど》の外《そと》に向《む》かって大声《おおごえ》を張《は》りあげた。

「あなたは知《し》っているのでしょう？　小屋《こや》の周《まわ》りを飛《と》び回《まわ》っているセミの正体《しょうたい》を」

ブルーデーモン同士《どうし》の戦《たたか》いを横目《よこめ》で見《み》ながら、クロさんはためらいがちに口《くち》を開《ひら》いた。

「このセミはパラサイトバグだ」

……え？

ぼくは自分《じぶん》の耳《みみ》を疑《うたが》った。なんでも知《し》っているひろし君《くん》でさえ、おどろきの様相《ようそう》をかくそうと

しない。

「穴《あな》の空《あ》いたブルースターが山小屋《やまごや》の近《ちか》くに落《お》ちていただろう？　あの中《なか》に入《はい》っていたのはパラサイトバグのヌケガラだよ」

……ヌケガラ？

「パラサイトバグは気温《きおん》が氷点下近《ひょうてんかちか》くになると体内《たいない》からねばねばした液体《えきたい》を出《だ》して、自分《じぶん》のからだを包《つつ》みこみ、サナギへと変化《へんか》する。一定《いってい》の温度《おんど》と湿度《しつど》が保《たも》たれた状態《じょうたい》であれば、サナギになってから七十二時間後《ななじゅうにじかんご》に羽化《うか》するんだ」

「なるほど」

ひろし君《くん》は感心《かんしん》したようにいった。

「つまり、雪《ゆき》の中《なか》にブルースターをうめておけば、パラサイトバグは三日後《みっかご》に成虫《せいちゅう》になることができるわけですね？」

「ああ。パラサイトバグの成虫《せいちゅう》は青《あお》い鱗粉《りんぷん》をまき散《ち》らしながら飛《と》び回《まわ》る。鱗粉《りんぷん》には気《き》をつけろ。鱗粉《りんぷん》を吸《す》いこんだ者《もの》はブルーデーモンになってしまうからな。そのキツネのように」

かまれた右《みぎ》うでをおさえながら、クロさんはゆっくりと立《た》ち上《あ》がった。ウェアに広《ひろ》がる赤《あか》い染《し》みがとても痛々《いたいた》しい。

「パラサイトバグの幼虫《ようちゅう》の場合《ばあい》は食《た》べたり飲《の》んだりしない限《かぎ》り、ブルーデーモンになることはない。だが、成虫《せいちゅう》の場合《ばあい》はちがう。鱗粉《りんぷん》を吸《す》いこむだけでブルーデーモン化《か》するから、これまでよりもっと早《はや》く、確実《かくじつ》に動物《どうぶつ》や人間《にんげん》をブルーデーモンに変《か》えることができるんだよ」

背《せ》すじがこおりつくのがわかった。鱗粉《りんぷん》を吸《す》いこんだだけでブルーデーモンになってしまうだなんて、もし大量《たいりょう》のパラサイトバグが羽化《うか》したら、ただ呼吸《こきゅう》をしただけで、みんなブルーベリー色《いろ》の巨人《きょじん》になってしまうかもしれないのだ。

いや待《ま》て。おかしくないか？　ブルースターは二十年前《にじゅうねんまえ》から存在《そんざい》した。雪《ゆき》にうもれることだってあっただろう。だけど今《いま》まで、冬《ふゆ》にセミが現《あらわ》れたなんて話《はなし》を聞《き》いたことはない。

「ブルースターの大半《たいはん》は二十年前《にじゅうねんまえ》、碧奥市周辺《へきおししゅうへん》に落下《らっか》した。君《きみ》たちもよく知《し》っているとおり、碧《へき》奥市《おし》はあまり雪《ゆき》が降《ふ》らない。ある程度積《ていどつ》もったとしても数日《すうじつ》でとけてしまう。だから、これまでは羽化《うか》することもなかったんだよ」

ぼくの心《こころ》の中《なか》を読《よ》み取《と》ったかのようにクロさんはいった。

「じゃあ、どうしてこんなことに？」

ドアの前《まえ》でうずくまったままだったハルナ先生《せんせい》が大声《おおごえ》でさけんだ。

「メサイアの仕業《しわざ》だ」

クロさんはくやしそうに下《した》くちびるをかみながら答《こた》えた。
「メサイアが雪深《ゆきぶか》い占見山《うらみやま》にブルースターをうめたんだ。パラサイトバグを羽化《うか》させれば、大量《たいりょう》の人々《ひとびと》を瞬時《しゅんじ》にブルーデーモン化《か》させることができる。それがメサイアのねらいなんだよ」

**キーン！**

突然《とつぜん》、耳鳴《みみな》りに似《に》た不快《ふかい》な音《おと》が周囲《しゅうい》にひびきわたった。頭《あたま》の中心《ちゅうしん》がキリキリと痛《いた》み出《だ》す。
「タケル君《くん》、どうしました？」
思《おも》わずうめき声《ごえ》をもらしたぼくのほうを、ひろし君《くん》が心配《しんぱい》そうに見《み》つめる。ドアの前《まえ》にしゃがみこんでいるハルナ先生《せんせい》も、床《ゆか》にぼんやり座《すわ》ったままのナオちゃんにも変化《へんか》はなかった。どうやら、みんなにはこの音《おと》が聞《き》こえていないらしい。

**どんっ！**

地面《じめん》がゆれた。なにごとかと窓《まど》の外《そと》を見《み》ると、つい先《さき》ほどまで取《と》っ組《く》み合《あ》いを続《つづ》けていたミミとキツネ——二体《にたい》のブルーデーモンが雪《ゆき》の上《うえ》にあお向《む》けでたおれ、ぴくりとも動《うご》かなくなってしまっている。クロさんは右《みぎ》うでをかばいながら、呆然《ぼうぜん》とした表情《ひょうじょう》でブルーデーモンたちを見下《みお》ろしていた。

「へえ。これはすごい威力《いりょく》だ」

雪《ゆき》をかぶった木々《きぎ》のかげから見覚《みおぼ》えのある人物《じんぶつ》が姿《すがた》を現《あらわ》した。メサイアの手先《てさき》――ジョーさんだ。雪《ゆき》の上《うえ》だというのに、いつもと同《おな》じレオタードを身《み》に着《つ》けている。右手《みぎて》には黒光《くろびか》りする拳銃《けんじゅう》のようなものを持《も》っていた。まさか、ミミはあの銃《じゅう》でうたれたのだろうか？

「カマロ、ひさしぶりだね」

ジョーさんはにやにやといやらしい笑《え》みをうかべながら、ゆっくりとクロさんに近《ちか》づいていった。

「ずいぶんと元気《げんき》そうじゃないか」

うでから血《ち》を流《なが》すクロさんを見《み》て、皮肉《ひにく》たっぷりにいう。

「ああ。おかげさまでね」

右《みぎ》うでをおさえたまま、クロさんはうっすらと笑《わら》った。

「君《きみ》がメサイア様《さま》のもとを去《さ》ったことはべつにどうだっていい。だけど、前々《まえまえ》から準備《じゅんび》していた一大《いちだい》プロジェクトについて、他人《たにん》にぺらぺらと打《う》ち明《あ》けてしまうのはどうかと思《おも》うけどなあ」

「……オジサン、どうしてブルーデーモンに変身《へんしん》しないんだろう？」

いつの間《ま》にか立《た》ち上《あ》がってひろし君《くん》の後《うし》ろから窓《まど》の外《そと》をのぞきこんでいたナオちゃんがいう。

「ブルーデーモンになれば、あんなヤツ、かんたんにやっつけられるのに」

「おそらく、ブルーデーモンになりたくてもなれないのだと思《おも》います」

ひろし君《くん》はメガネのフレームをおし上《あ》げながら答《こた》えた。

「ブルーデーモンになれない？　どうしてそんなことがわかるの？」

「クロさんの右《みぎ》うでを見《み》てください」

……あれ？

ひろし君《くん》にそういわれ、ぼくはようやく気《き》がつく。

クロさんの血《ち》は赤《あか》かった。ブルーデーモンの能力《のうりょく》を得《え》た者《もの》は、たとえブルーデーモンに姿《すがた》を変《か》えなくても血《ち》が青《あお》くなるはずだ。実際《じっさい》、今《いま》は廃校《はいこう》となった碧奥小学校《へきおしょうがっこう》で瀕死《ひんし》のクロさんと出会《であ》ったとき、彼《かれ》は青《あお》い血《ち》を流《なが》していた。

それなのに今《いま》は赤《あか》い血《ち》を流《なが》している。これはどういうことだろう？

「理由《りゆう》はわかりませんが、クロさんはブルーデーモンになる力《ちから》を失《うしな》ってしまったのではないでしょうか？」

「……普通《ふつう》の人間《にんげん》にもどってしまったってこと？」

「それはわかりません。でも、僕《ぼく》たちは長《なが》らくクロさんがブルーデーモンになった姿《すがた》を見《み》ていませんよね？」

ひろし君《くん》にいわれて記憶《きおく》を探《さぐ》る。最後《さいご》にブルーデーモン化《か》したクロさんを見《み》たのはいつだっただろう？　少《すく》なくともサーカス小屋《ごや》で起《お》こった事件《じけん》のとき、クロさんは一度《いちど》もブルーデーモンに姿《すがた》を変《か》えなかった。地上十《ちじょうじゅう》メートルの高《たか》さで宙《ちゅう》づりになったハルナ先生《せんせい》を助《たす》けるなら、ブルーデーモンに変身《へんしん》して受《う》け止《と》めてあげればよかったはずだ。でも、クロさんはそうせずに空中《くうちゅう》ブランコを使《つか》って先生《せんせい》を救出《きゅうしゅつ》した。

あのとき、クロさんはすでにブルーデーモンになる力《ちから》を失《うしな》っていたのだろうか？

「おどろいた。あんた、ブルーデーモンじゃなくなっちまったのか」

ジョーさんもそのことに気《き》づいたらしい。にぎりしめていた銃《じゅう》をこしのホルダーにしまい、へらへらと笑《わら》う。

「ただの人間《にんげん》ならちっともこわくない」

ジョーさんは左《ひだり》あしを高《たか》く上《あ》げ、からだをひねりながらクロさんをけとばした。クロさんのからだは山小屋《やまごや》の壁《かべ》に勢《いきお》いよくたたきつけられ、それっきり動《うご》かなくなってしまった。

「あんたのためにこの銃《じゅう》を用意《ようい》してきたのに、まったく役《やく》に立《た》たなかったな。まあ、いいや」

気絶《きぜつ》したクロさんに近《ちか》づき、ジョーさんはいった。

「カマロ、あんたはもう敵《てき》じゃない。これで俺《おれ》たちのじゃまをする者《もの》はひとりもいなくなった。〈全人類《ぜんじんるい》ブルーデーモン化計画《かけいかく》〉をスムーズに進《すす》めることができそうだ」

# 17 タイムリミットは午後《ご ご》七時《しちじ》

ジョーさんが山小屋《やまごや》の入《い》り口《ぐち》に立《た》つ。

「ハルナ先生《せんせい》、とびらの前《まえ》からはなれて！」

ひろし君《くん》の声《こえ》を聞《き》いて、ハルナ先生《せんせい》は反射的《はんしゃてき》に後《うし》ろへ飛《と》びのいた。次《つぎ》の瞬間《しゅんかん》、とびらが勢《いきお》いよく開《ひら》く。ジョーさんがとびらをけったのだ。あと少《すこ》し逃《に》げるのがおくれていたら、先生《せんせい》は大《おお》けがを負《お》っていただろう。

「みなさん、こんにちは」

乱暴《らんぼう》にとびらを閉《し》めると、ジョーさんはそこにいた全員《ぜんいん》を順番《じゅんばん》に見回《みまわ》して笑《わら》った。

絶体絶命《ぜったいぜつめい》の危機《きき》だ。クロさんとミミは山小屋《やまごや》の外《そと》で気絶《きぜつ》したまま動《うご》かない。逃《に》げ出《だ》そうにも、小屋《こや》の周《まわ》りには成虫《せいちゅう》となったパラサイトバグが飛《と》び回《まわ》っている。ジョーさんとまともにやりあって勝《か》てるはずもなかった。しかもジョーさんは拳銃《けんじゅう》のようなものを持《も》っている。

ひとことも言葉《ことば》を発《はっ》することなく、みんなはじっとジョーさんをにらみつけていた。ヒグラシの声《こえ》だけがあたりにやかましくひびきわたる。

「イヤだなあ。そんなにおびえないでよ」

ジョーさんはかたを上下《じょうげ》に動《うご》かしておどけた表情《ひょうじょう》を見《み》せた。

「あ、もしかしてこの銃《じゅう》を見《み》てこわがってるの？　だったら大丈夫《だいじょうぶ》。この銃《じゅう》はブルーデーモンだけにしか効力《こうりょく》を発揮《はっき》しないから」

こしに差《さ》していた銃《じゅう》を手《て》に取《と》り、右手《みぎて》の人差《ひとさ》し指《ゆび》に引《ひ》き金部分《がねぶぶん》を引《ひ》っかけてくるくると回《まわ》しながらいう。

「……どういうことですか？」

窓《まど》のそばに立《た》っていたひろし君《くん》が口《くち》を開《ひら》いた。

「これは爆音銃《ばくおんじゅう》。例外《れいがい》がないわけではないけど、ほとんどのブルーデーモンはある周波数《しゅうはすう》の音《おと》が苦手《にがて》でさ」

ジョーさんはそこまでしゃべるとぼくのほうを見《み》た。

「ブルーデーモンは犬《いぬ》が苦手《にがて》だろう？　あれは犬《いぬ》の鳴《な》き声《ごえ》にブルーデーモンのキライな音波《おんぱ》が混《ま》ざっているからなんだ」

銃《じゅう》をかまえてさらに続《つづ》ける。

「この銃《じゅう》は引《ひ》き金《がね》を引《ひ》くと、ブルーデーモンが苦手《にがて》とする周波数《しゅうはすう》の音波《おんぱ》が増幅《ぞうふく》されてひびきわたるようにできているんだよ。音波《おんぱ》を浴《あ》びたブルーデーモンは数時間《すうじかん》、意識《いしき》を失《うしな》ってしまう。すごいだろ？　メサイア様《さま》が開発《かいはつ》したんだぜ」

ジョーさんが話《はな》し終《お》わったところで、山小屋全体《やまごやぜんたい》がぐらぐらとゆれた。窓《まど》の外《そと》に巨大《きょだい》な顔《かお》が現《あらわ》れる。前歯二本《まえばにほん》がやたらと大《おお》きい――これまで見《み》たことのないブルーデーモンだ。その怪物《かいぶつ》はさらに窓《まど》へと顔《かお》を近《ちか》づけ、小《ちい》さくうなった。中《なか》の様子《ようす》をうかがっているのかもしれない。

「うわあっ！」

ふるえるばかりでそれまでひとこともしゃべらなかったたけし君《くん》が、いきなりけたたましい声《こえ》をあげる。

「こ、こいつだよ！　オレたちにおそいかかってきたリスの化《ば》け物《もの》は！」

「このブルーデーモンは爆音銃《ばくおんじゅう》の音《おと》を聞《き》いても気絶《きぜつ》しなかったのですね」

まったくおそろしくないのか、ひろし君《くん》は窓《まど》のそばで前歯《まえば》の大《おお》きな怪物《かいぶつ》を見《み》つめながら、冷静《れいせい》に言葉《ことば》をつむいだ。

「爆音《ばくおん》は銃口《じゅうこう》を向《む》けた先《さき》にしか威力《いりょく》を発揮《はっき》しない。そうじゃなかったら引《ひ》き金《がね》を引《ひ》いたとたん、ブルーデーモンは全員《ぜんいん》――敵《てき》も味方《みかた》もいっせいにたおれてしまうからね」

ジョーさんはそう説明《せつめい》しながら、銃《じゅう》の先《さき》を窓《まど》の外《そと》のブルーデーモンに向《む》けた。

ゆっくりと引《ひ》き金《がね》を引《ひ》く。キーン、と不快《ふかい》な音《おと》がぼくの耳《みみ》に届《とど》いたかと思《おも》ったら、前歯《まえば》の大《おお》きな怪物《かいぶつ》はぐるんと白目《しろめ》をむいて、ずるずると窓《まど》にからだをこすりつけながらくずれ落《お》ち、そのまま姿《すがた》が見《み》えなくなってしまった。

ジョーさんは爆音銃《ばくおんじゅう》をこしのホルダーにもどすと、

「じゃあ、僕《ぼく》はそろそろ失礼《しつれい》するよ。またどこかで会《あ》えるといいね」

右手《みぎて》をふって山小屋《やまごや》から出《で》ていこうとした。どうやら、ぼくたちに危害《きがい》を加《くわ》えるつもりはないらしい。いや、そうやって油断《ゆだん》させておいておそってくるつもりなのだろうか？

「心配《しんぱい》しないで。今回《こんかい》はなにもしないってば」

みんながあまりにもけげんな表情《ひょうじょう》をうかべていたからだろうか、ジョーさんはとびらの前《まえ》でふり返《かえ》り、満面《まんめん》の笑《え》みを見《み》せた。

「実験的《じっけんてき》にうめたブルースターからパラサイトバグがちゃんと羽化《うか》したかどうか、確認《かくにん》しにきただけだからさ。カマロもただの人間《にんげん》になってしまって、これでもう〈全人類《ぜんじんるい》ブルーデーモン化計《かけい》画《かく》〉をじゃまする者《もの》はいないみたいだし」

「……全人類《ぜんじんるい》ブルーデーモン化計画《かけいかく》？」

たけし君《くん》がおびえた視線《しせん》をジョーさんに向《む》ける。

「実験《じっけん》の成功《せいこう》も確認《かくにん》できたし、これから計画《けいかく》を実行《じっこう》に移《うつ》すよ」

「なにをするつもりなのですか？」

「知《し》りたい？　いいよ、特別《とくべつ》に君《きみ》たちだけに教《おし》えてあげる。計画《けいかく》の全《ぜん》ぼうを知《し》ったところで、もう君《きみ》たちにはどうすることもできないだろうからね」

ジョーさんはうれしそうに笑《わら》いながら饒舌《じょうぜつ》にしゃべり続《つづ》けた。

「四日前《よっかまえ》の夜《よる》、このあたりに七匹《ななひき》のパラサイトバグが入《はい》ったブルースターをうめた。パラサイトバグは摂氏二度以下《せっしにどいか》の状態《じょうたい》が七十二時間続《ななじゅうにじかんつづ》くと羽化《うか》することがわかっている。うまくいくか半信半疑《はんしんはんぎ》だったけど、実験《じっけん》は見事成功《みごとせいこう》。ゆうべ、パラサイトバグはちゃんと成虫《せいちゅう》になったみたいだね」

「…………」

「三日前《みっかまえ》、別《べつ》の場所《ばしょ》にもブルースターをうめた。今度《こんど》はひとつじゃない。十缶以上《じっかんいじょう》だ。どこにうめたと思《おも》う？」

ジョーさんはみんなの顔《かお》を見回《みまわ》しながら、

「正解《せいかい》はセントラルガーデンの花壇《かだん》の中《なか》さ」

うかれた様子《ようす》で続《つづ》けた。

「セントラルガーデンって……ホテルの？」

ハルナ先生《せんせい》の顔色《かおいろ》が変《か》わる。

「今夜七時《こんやしちじ》には羽化《うか》するんじゃないかな？　ちょうどオープニングイベントが開催《かいさい》されている最《さい》

中《ちゅう》だ」

ジョーさんはのどを鳴《な》らして笑《わら》った。

「セントラルガーデンには大勢《おおぜい》の客《きゃく》が集《あつ》まる。その中《なか》を羽化《うか》したパラサイトバグが飛《と》び回《まわ》ったらどうなると思《おも》う？」

カメさんがそうだったように、パラサイトバグのまき散《ち》らした鱗粉《りんぷん》を吸《す》いこめば、みんなまたく間《ま》にブルーデーモンへと姿《すがた》を変《か》えてしまうだろう。

「ああ、ついでにいっておくけど――」

スマホを手《て》にしたハルナ先生《せんせい》のほうへジョーさんは顔《かお》を向《む》けた。

「ホテルの人《ひと》たちに連絡《れんらく》はできないよ。スマホはいっさいつながらない」

「電波《でんぱ》の届《とど》く場所《ばしょ》に移動《いどう》すれば、なんとかなるのではありませんか？」

ひろし君《くん》の問《と》いに対《たい》して、ジョーさんは小《ちい》さくかたを上下《じょうげ》させた。

「むだだよ。三十分《さんじっぷん》ほど前《まえ》、〈うらみスノーリゾート〉一帯《いったい》に妨害電波《ぼうがいでんぱ》を出《だ》しておいたからね。スマホはもう使《つか》いものにならないよ」

「つい先《さき》ほど、ホテル内《ない》にブルーデーモンが現《あらわ》れてあれだけの大《おお》さわぎになったのですから、おそらくイベントは中止《ちゅうし》になるでしょう。あなたたちの期待《きたい》するようなことにはなりません」

ひろし君《くん》は冷《ひ》ややかな口調《くちょう》でそう告《つ》げたが、

「残念《ざんねん》ながらそうじゃないんだなあ」

なにがそんなに楽《たの》しいのか、ジョーさんは笑顔《えがお》を絶《た》やさず、さらに言葉《ことば》を重《かさ》ねた。

「メサイア様《さま》の特技《とくぎ》が催眠術《さいみんじゅつ》だってことを忘《わす》れちゃった？　ホテルのオーナーや警察官《けいさつかん》を操《あやつ》ることなんてカンタンだよ。イベントは予定《よてい》どおり開催《かいさい》され――」


**ぶおおおおっ！**


ジョーさんの言葉《ことば》をかき消《け》すように、山小屋《やまごや》の外《そと》から怪物《かいぶつ》の咆哮《ほうこう》が聞《き》こえた。窓《まど》の外《そと》に目《め》をやると、こちらに向《む》かって馬《うま》に似《に》た怪物《かいぶつ》が勢《いきお》いよくかけてくる。ひたいには二本《にほん》の短《みじか》いツノが生《は》えていた。

「カモシカのブルーデーモンかな？」

ジョーさんは爆音銃《ばくおんじゅう》を素早《すばや》く抜《ぬ》くと、怪物《かいぶつ》に向《む》けて引《ひ》き金《がね》を引《ひ》いた。ブルーデーモンはあっけなくたおれる。確《たし》かにすごい威力《いりょく》だ。

「パラサイトバグの鱗粉《りんぷん》を吸《す》いこんで怪物《かいぶつ》になってしまった動物《どうぶつ》がこのあたりには大量《たいりょう》にいるみたいだね」

ジョーさんは銃《じゅう》を手《て》のひらに乗《の》せると、ひろし君《くん》の前《まえ》に突《つ》き出《だ》した。

「……なんの真似《まね》です？」

「このままだとブルーデーモンにおそわれてしまうだろう？　だから、これを君《きみ》に貸《か》しておくよ」

「なにかたくらんでいるのでしょうか？」

ひろし君《くん》は疑《うたが》いの視線《しせん》をジョーさんに向《む》けた。

「ちがうちがう。俺《おれ》はこう見《み》えて平和主義者《へいわしゅぎしゃ》。むだな殺生《せっしょう》はしない主義《しゅぎ》なんだ」

「全人類《ぜんじんるい》をブルーデーモンに変《か》えようとたくらんでいる人《ひと》が、よくもそんなでまかせをいえますね」

「君《きみ》たちがブルーデーモンにあっけなく殺《ころ》されるのはつまらないからさ」

ジョーさんは首《くび》をすくめ、銃《じゅう》をひろし君《くん》におしつけた。

「もともとこの銃《じゅう》はカマロの妨害《ぼうがい》を阻止《そし》するためにメサイア様《さま》から預《あず》かったものだしね。カマロがただの人間《にんげん》になってしまったとわかったらもう必要《ひつよう》ない。それに……メサイア様《さま》からいわれているんだ。ひろし君《くん》——君《きみ》の命《いのち》を守《まも》れって」

「……僕《ぼく》の命《いのち》を守《まも》れ？　なぜメサイアがそんなことを？」

めずらしくひろし君《くん》はとまどっているように見《み》えた。

「君《きみ》に興味《きょうみ》があるんじゃないかな？　とにかくそういうわけだから、この銃《じゅう》は君《きみ》にわたしておくよ」

ジョーさんはひろし君《くん》に爆音銃《ばくおんじゅう》を無理《むり》やり手《て》わたすと、

「じゃあね」

ひらひらと右手《みぎて》をふって、山小屋《やまごや》のとびらに近《ちか》づいた。

「この小屋《こや》の外壁《がいへき》にパラサイトバグの成虫《せいちゅう》がとくに好《この》むにおいをふきつけておいた。当分《とうぶん》の間《あいだ》、ここからはなれようとしないだろうね」

「…………」

「だけど、心配《しんぱい》しなくても大丈夫《だいじょうぶ》。パラサイトバグの成虫《せいちゅう》は二十四時間《にじゅうよじかん》しか生《い》きられない。この周辺《しゅうへん》を飛《と》び回《まわ》っている成虫《せいちゅう》は、今夜十時《こんやじゅうじ》にはみんな死《し》んじゃってるよ。ブルーデーモンになりたくないなら、十時以降《じゅうじいこう》に外《そと》に出《で》ることだね」

ドアノブをひねりながら、ぼくたちのほうをふり返《かえ》る。

「でも、もうそのときにはホテルの客《きゃく》はほぼ全員《ぜんいん》、ブルーデーモンになっているだろうけどね」

最後《さいご》にそう口《くち》にすると、ジョーさんは高《たか》らかに笑《わら》いながら山小屋《やまごや》を出《で》ていった。

# 18 マリアちゃんの警告《けいこく》

ジョーさんの姿《すがた》が完全《かんぜん》に見《み》えなくなったことを確認《かくにん》すると、ハルナ先生《せんせい》は持《も》っていたハンカチで口《くち》もとをおさえ、小屋《こや》の外《そと》へと飛《と》び出《だ》した。

小屋《こや》の外壁《がいへき》にもたれかかるようにしてたおれているクロさんに近《ちか》づき、胸《むね》や顔《かお》にさわる。呼吸《こきゅう》や心音《しんおん》を確《たし》かめたのだろう。ハンカチを手放《てばな》すとほっとした表情《ひょうじょう》をうかべ、クロさんを背中《せなか》にかつごうとした。

ぼくはハラハラしながらその姿《すがた》を見守《みまも》った。今《いま》もまだヒグラシの鳴《な》き声《ごえ》は続《つづ》いている。鱗粉《りんぷん》を少《すこ》しでも吸《す》いこんだらハルナ先生《せんせい》も怪物《かいぶつ》になってしまうというのに……。

スリムなハルナ先生《せんせい》のどこにそんなパワーがひそんでいたのか、クロさんを背負《せお》って先生《せんせい》はゆっくりと歩《ある》き出《だ》した。

窓《まど》の外《そと》をセミが横切《よこぎ》っていく。まっすぐハルナ先生《せんせい》のほうに向《む》かっていくのがわかった。ひろし君《くん》はジョーさんから受《う》け取《と》った爆音銃《ばくおんじゅう》の先《さき》をとっさにセミのほうへ向《む》けたが、引《ひ》き金《がね》を引《ひ》いてもセミの動《うご》きは止《と》まらない。ねらいがはずれたのか、そもそもパラサイトバグには効果《こうか》がないのか、そのあたりは判断《はんだん》がつかなかった。

ひろし君《くん》はマフラーを鼻《はな》のあたりまで持《も》ち上《あ》げると、机《つくえ》の上《うえ》に置《お》いてあったペットボトルを一本手《いっぽんて》に取《と》り、開《ひら》きっぱなしのとびらから外《そと》へ飛《と》び出《だ》した。

ひろし君《くん》だけを危険《きけん》な目《め》にあわせるわけにはいかない！

ぼくもひろし君《くん》のあとを追《お》いかける。

ひろし君《くん》はせまりくるセミに向《む》かってペットボトルの中身《なかみ》をふりかけた。透明《とうめい》な液体《えきたい》が放物線《ほうぶつせん》をえがいて飛《と》び、見事《みごと》セミに命中《めいちゅう》する。セミは雪《ゆき》の上《うえ》に落下《らっか》し、じたばたともがき始《はじ》めた。

「先生《せんせい》、今《いま》のうちに早《はや》く山小屋《やまごや》の中《なか》へ！　呼吸《こきゅう》はしばらくの間《あいだ》、止《と》めていてください！」

ひろし君《くん》がさけぶ。

山小屋《やまごや》から少《すこ》しはなれたところにはウサギの姿《すがた》にもどったミミと首《くび》のあたりに傷《きず》を負《お》ったキツネが横《よこ》たわっていた。ぼくはキバが当《あ》たらないように気《き》をつけながらミミをくわえ、山小屋《やまごや》へと急《いそ》いだ。ぼくの後《うし》ろから、ひろし君《くん》がキツネをかかえて歩《ある》いてくる。

全員《ぜんいん》、無事《ぶじ》に山小屋《やまごや》までたどり着《つ》く。幸《さいわ》いなことにだれも、鱗粉《りんぷん》を吸《す》ってブルーデーモンに変《か》わってしまうようなことはなかった。おたがいに髪《かみ》の毛《け》や服《ふく》を調《しら》べ、青《あお》い粉《こな》が付着《ふちゃく》していないことを確認《かくにん》し合《あ》う。ぼくの体毛《たいもう》はナオちゃんがていねいに調《しら》べてくれた。

ハルナ先生《せんせい》はこしに巻《ま》いていたポーチからガーゼや包帯《ほうたい》などの救急用品《きゅうきゅうようひん》を取《と》り出《だ》した。それらを使《つか》ってクロさんとキツネの傷《きず》を手際《てぎわ》よく処置《しょち》していく。

「脈拍《みゃくはく》、呼吸《こきゅう》、どちらも異常《いじょう》はないから、これでもう大丈夫《だいじょうぶ》だとは思《おも》うけど……」

ひととおりの手当《てあ》てを終《お》えると、ハルナ先生《せんせい》はクロさんの横《よこ》にへなへなと座《すわ》りこんだ。

「……おい」

ずっとだまりこんだままだったたけし君《くん》が、ようやく口《くち》を開《ひら》く。

「そいつ……大丈夫《だいじょうぶ》なのか？」

キツネを指差《ゆびさ》していう。

「どうしてそんなヤツまで助《たす》けちゃうんだよ？　クロさんにケガをさせたのはそいつだろ？　目《め》を覚《さ》ましたらまた化《ば》け物《もの》になってオレたちにおそいかかってくるかもしれないじゃないか」

「そうですね……でも見捨《みす》てることはできませんでした。このキツネはブルーデーモンになりたくてなったわけではありませんから」

ひろし君《くん》は無愛想《ぶあいそう》に答《こた》えた。

「山小屋《やまごや》の外《そと》に出《で》て、セミの鱗粉《りんぷん》を吸《す》いこんだらみんなブルーデーモンになっちゃうんだよ。もしナオがブルーデーモンになったら、たけし君《くん》はどうする？」

ナオちゃんがたけし君《くん》の顔《かお》をのぞきこんで意地悪《いじわる》な質問《しつもん》をする。

「そんなの……わかんないよ」

たけし君《くん》はくちびるをとがらせながら頭《あたま》を横《よこ》にふった。

「だけど、オレがもし化《ば》け物《もの》になっちまっても、みんな絶対《ぜったい》に見捨《みす》てないでくれよな」

たけし君《くん》の身勝手《みがって》な発言《はつげん》に、

「なにそれ？」

ナオちゃんがぷっとふき出《だ》す。

「なんだよ？　べつにおかしくないだろ？　なんで笑《わら》うんだよ？　まさかオレのこと見捨《みす》てるつもりなのか？」

たけし君《くん》のあわてっぷりに、ハルナ先生《せんせい》も笑顔《えがお》を見《み》せた。

「ひろし、おまえはオレが化《ば》け物《もの》になっても逃《に》げたりしないよな？」

たけし君《くん》が懇願《こんがん》するような視線《しせん》をひろし君《くん》に向《む》ける。

「もちろんです」

ひろし君《くん》は迷《まよ》うことなく答《こた》えた。

「ひろし。おまえはやっぱりいいヤツだなあ」

たけし君《くん》は立《た》ち上《あ》がると、両《りょう》うでを広《ひろ》げてひろし君《くん》のそばにかけ寄《よ》ろうとした。

「逃《に》げたりはしませんよ。この爆音銃《ばくおんじゅう》でしとめるだけです」

「ひいっ！」

銃《じゅう》を手《て》に取《と》ったひろし君《くん》を見《み》て、たけし君《くん》は派手《はで》にしりもちをつく。

たけし君《くん》のおかげで山小屋《やまごや》の中《なか》は少《すこ》しだけ明《あか》るい雰囲気《ふんいき》になった。

「おなか空《す》いたなあ」

ナオちゃんがいう。

「オレ、チョコレート持《も》ってるぞ」

たけし君《くん》はスキーウェアのポケットから星型《ほしがた》の青《あお》い缶《かん》ケース——ブルースターを取《と》り出《だ》した。

たけし君《くん》の誕生日《たんじょうび》に卓郎君《たくろうくん》がプレゼントしたものだ。

ふたを開《あ》けると銀紙《ぎんがみ》に包《つつ》まれたチョコレートが入《はい》っていた。それを四人《よにん》で分《わ》け合《あ》う。たったそれだけのことだったけど、みんな元気《げんき》を取《と》りもどしたようだ。ぼくだけはチョコを食《た》べられなかったが、笑顔《えがお》のみんなを見《み》れば、それが元気《げんき》の源《みなもと》になる。

「さて、ここで問題《もんだい》です」

ハルナ先生《せんせい》がザックの中《なか》からホワイトボードを取《と》り出《だ》し、そこに「7」をみっつ書《か》きこんだ。

「これに直線《ちょくせん》を三本《さんぼん》足《た》して、暖《あたた》かくなるものを作《つく》りなさい」

「暖《あたた》かいもの？　なんだろ？」

たけし君《くん》が口《くち》をとがらせる。

「なるほど。面白《おもしろ》い問題《もんだい》ですね」

とひろし君《くん》。

「なんだよ、ひろし。おまえ、もう答《こた》えがわかっちゃったのか？」

「ナオもわかったよ」

「え？　わかってないのオレだけ？　ちょっと待《ま》って。すぐに正解《せいかい》するから。三本《さんぼん》、線《せん》を足《た》すんだろ？　……わかった！　答《こた》えは『フーフーフー』だ！」

「なに、それ？」

ナオちゃんが首《くび》をひねった。

「熱《あつ》いラーメンを食《た》べるとき、フーフーフーって息《いき》をかけて冷《さ》ますだろ？」

777

たけし君《くん》の珍解答《ちんかいとう》にハルナ先生《せんせい》とナオちゃんが顔《かお》を見合《みあ》わせる。

みんな、こんなバカ話《ばなし》をしている場合《ばあい》じゃないってことはわかっていたはずだ。でも、ほんのちょっとの間《あいだ》だけでもいいから明《あか》るくふるまいたかったのだと思《おも》う。落《お》ちこんでいるだけじゃ、現状《げんじょう》は打破《だは》できない。

「……さて、これからどうすべきかを考《かんが》えましょうか」

ひととおり話《はなし》が盛《も》り上《あ》がったところで、ひろし君《くん》は表情《ひょうじょう》をひきしめた。

「今《いま》は午後三時《ごごさんじ》です」

うで時計《どけい》に視線《しせん》と落《お》としながらいう。

「ホテルのセントラルガーデンにうめられたパラサイトバグは午後七時《ごごしちじ》に羽化《うか》するそうですから、あと四時間《よじかん》しかありません」

ジョーさんの話《はなし》が本当《ほんとう》なら、オープニングイベントは予定《よてい》どおり午後六時《ごごろくじ》から行《おこな》われる。セントラルガーデンに集《あつ》まった大勢《おおぜい》のお客《きゃく》さんたちの前《まえ》に成虫《せいちゅう》となったパラサイトバグが現《あらわ》れたら……その光景《こうけい》を想像《そうぞう》してぼくは身《み》ぶるいした。なんとしてもイベントを中止《ちゅうし》に持《も》ちこまなければならない。

「ナオのスマホはずっと圏外《けんがい》のままだけど、先生《せんせい》のはどう？　ホテルにいるみんなと連絡《れんらく》は取《と》れないの？」

ナオちゃんがハルナ先生《せんせい》にきいた。しかし、先生《せんせい》はスマホの画面《がめん》に目《め》をやり頭《あたま》を横《よこ》にふる。

「ダメ。レオタードの男《おとこ》がいっていたとおり、まったく使《つか》い物《もの》にならないわ」

「クロさんのスマホはどうでしょう？」

ひろし君《くん》がクロさんの上着《うわぎ》のポケットを探《さぐ》ってスマホを取《と》り出《だ》す。しかし、クロさんのスマホも同《おな》じ状態《じょうたい》だった。

「スキー場全体《じょうぜんたい》に妨害電波《ぼうがいでんぱ》を出《だ》しているというジョーさんの話《はなし》は本当《ほんとう》でしょうね。となれば、僕《ぼく》たちがホテルにもどって、スタッフのかたに事情《じじょう》を説明《せつめい》するしか方法《ほうほう》はありませんが、山小屋《やまごや》の周《まわ》りはセミが飛《と》び回《まわ》っているので外《そと》に出《で》ることもできません」

「セミの鱗粉《りんぷん》を吸《す》わなけりゃ大丈夫《だいじょうぶ》なんだろう？　さっきハルナ先生《せんせい》がやったみたいにハンカチをマスク代《が》わりにすればいいんじゃないのか？」

「危険《きけん》すぎます。鱗粉《りんぷん》は風《かぜ》に乗《の》って空中《くうちゅう》をただよっていますからね。もっと確実《かくじつ》に鱗粉《りんぷん》をさけることのできる方法《ほうほう》を探《さが》し出《だ》さないといけません」

『だから、この林《はやし》には入《はい》っちゃダメだよって何度《なんど》も教《おし》えてあげたのに』

不意《ふい》に声《こえ》が聞《き》こえた。しかし、反応《はんのう》したのはぼくとハルナ先生《せんせい》だけ。ほかの三人《さんにん》には聞《き》こえなかったらしい。

壁《かべ》をすり抜《ぬ》けて制服姿《せいふくすがた》の女《おんな》の子《こ》が入《はい》ってくる。

「……マリアさん？」

ハルナ先生《せんせい》がたずねた。ナオちゃんとたけし君《くん》はけげんそうな顔《かお》をする。みんなには、先生《せんせい》が壁《かべ》に向《む》かって話《はな》しかけているようにしか見《み》えなかったのだろう。

『へえ、私《わたし》の名前《なまえ》を知《し》ってるんだ。私《わたし》って有名人《ゆうめいじん》なんだね』

マリアちゃんははにかんだ。

『もうわかっていると思《おも》うけど、このスギ林《ばやし》は空間《くうかん》がねじれていてものすごく迷《まよ》いやすくなっているの。そのせいで私《わたし》は死《し》んじゃった』

そういって舌《した》をぺろりと出《だ》す。表情豊《ひょうじょうゆた》かで、ちっとも幽霊《ゆうれい》っぽく見《み》えない。

『私《わたし》みたいなドジな子《こ》がときどき迷《まよ》いこんじゃうんだよね。だから私《わたし》、そんな人《ひと》を見《み》つけたときは、木《き》の枝《えだ》をゆすったり、かたを叩《たた》いたり……あの手《て》この手《て》を使《つか》って道案内《みちあんない》してあげてるんだ』

うそじゃないことはマリアちゃんの人《ひと》のよさそうな顔《かお》を見《み》ればわかる。世間《せけん》では悪霊《あくりょう》とうわさされていたけれどとんでもない。本当《ほんとう》は心優《こころやさ》しい幽霊《ゆうれい》だったのだ。

『何日《なんにち》か前《まえ》、見《み》るからにあやしげな人《ひと》たちがこのあたりに星型《ほしがた》の缶《かん》ケースをうめていったの。そのときはまだ目的《もくてき》がよくわからなかったけど、なにか悪《わる》だくみをしていることだけははっきりとわかった。だから、林《はやし》に入《はい》ってこようとする人《ひと》がいたときは、看板《かんばん》や木《き》をたおしてじゃまをしていたんだけど……』

「ありがとう。そういうことだったのね」

ハルナ先生《せんせい》がお礼《れい》をいう。

「もしかして、そこにマリアさんがいるのですか？」

ひろし君《くん》が先生《せんせい》にたずねた。以前《いぜん》のひろし君《くん》なら幽霊《ゆうれい》なんて絶対《ぜったい》に信《しん》じなかっただろうけど、これまでに起《お》こった数々《かずかず》の体験《たいけん》で非科学的《ひかがくてき》なこともすんなり受《う》け入《い》れられるようになったようだ。

「え？　マリアってあの悪霊《あくりょう》の？」

たけし君《くん》が青《あお》ざめる。

「悪霊《あくりょう》じゃないわよ。マリアさんはみんなのことを助《たす》けようとしてくれているんだから」

先生《せんせい》はマリアちゃんが語《かた》ってくれたことを簡潔《かんけつ》にまとめて説明《せつめい》した。

「……ということは、マリアさんは自由《じゆう》に木《き》をたおしたり、看板《かんばん》を動《うご》かしたりすることができるわけですね？」

ひととおりの説明《せつめい》を聞《き》き終《お》えたところでひろし君《くん》がいった。

『念動力《ねんどうりょく》っていうのかな？　うまく説明《せつめい》できないけど、実際《じっさい》にさわらなくても強《つよ》く念《ねん》じれば、ものがそのとおりに動《うご》いてくれるんだ』

マリアちゃんの返答《へんとう》を、ハルナ先生《せんせい》はそのままひろし君《くん》に伝《つた》えた。

「昨日《きのう》、人工降雪機《じんこうこうせつき》につながっているパイプがいきなりこわれて勢《いきお》いよく水《みず》がふき出《だ》したのもあなたの仕業《しわざ》ですよね？」

マリアちゃんがうなずく。

「この近《ちか》くにも人工降雪機《じんこうこうせつき》は設置《せっち》されているのでしょうか？」

『二十《にじゅう》メートルほど東《ひがし》に進《すす》んだところに二台《にだい》、南側《みなみがわ》にも二台《にだい》あるけど……それがなに？』

ひろし君《くん》は窓《まど》の外《そと》に目《め》を向《む》けた。

「あなたの念動力《ねんどうりょく》で人工降雪機《じんこうこうせつき》の向《む》きを変《か》えることはできますか？　すべての降雪機《こうせつき》をこの山小屋《やまごや》に向《む》けてください。今《いま》は北向《きたむ》きの風《かぜ》がふいていますから、東《ひがし》の降雪機《こうせつき》はやや南側《みなみがわ》——西南西《せいなんせい》の方角《ほうがく》に向《む》けたほうがよいかもしれませんね。向《む》きを変《か》えたら降雪機《こうせつき》のバルブを全開《ぜんかい》にしてくださ
い」

『なんだかよくわからないけどやってみるね』

そういってマリアちゃんは目《め》を閉《と》じた。

しばらく待《ま》っていると、雨音《あまおと》に似《に》た音《おと》が小屋《こや》の外《そと》から聞《き》こえてきた。窓《まど》に水滴《すいてき》がかかる。

「ありがとうございます。では出発《しゅっぱつ》しましょう」

ひろし君《くん》はスキーウェアのファスナーを上《あ》げると、山小屋《やまごや》のとびらに近《ちか》づいた。

「出発《しゅっぱつ》しましょうって……おい、大丈夫《だいじょうぶ》なのかよ？」

たけし君《くん》が口《くち》をとがらせる。

「もう心配《しんぱい》ありません。ほら、外《そと》も静《しず》かになったでしょう？」

ひろし君《くん》のいうとおり、あれだけやかましかったヒグラシの鳴《な》き声《ごえ》が今《いま》はまったく聞《き》こえてこない。

「セミは水《みず》にぬれるとはねが重《おも》くなって動《うご》けなくなります。空中《くうちゅう》をただよっていた鱗粉《りんぷん》も水《みず》の力《ちから》で地面《じめん》に落《お》ちてしまったはずです」

『この男《おとこ》の子《こ》、頭《あたま》がいいのね。そういうことなら道案内《みちあんない》は私《わたし》がするわ。ついてきて』

マリアちゃんは僕《ぼく》たちの前《まえ》を通《とお》り過《す》ぎると、窓《まど》を突《つ》き抜《ぬ》けて外《そと》へ出《で》た。

「タケルちゃん、みんなを案内《あんない》してあげて」

ハルナ先生《せんせい》がぼくにいう。

……先生《せんせい》は？

「クロさんとミミを放《ほう》っておくわけにはいかないでしょう？　私《わたし》はここに残《のこ》るから」

「タケル君《くん》にもマリアさんが見《み》えているのですね？　……わかりました。ホテルや警察《けいさつ》のかたに事情《じじょう》を説明《せつめい》し、イベントを中止《ちゅうし》にすることができたら、すぐにここへもどってきますので」

ぼくの代《か》わりにひろし君《くん》が返答《へんとう》する。

「ちょっと重《おも》いかもしれないけど、これも持《も》っていって。なにかの役《やく》に立《た》つかもしれないでしょう？」

ハルナ先生《せんせい》はカメさんのザックを手《て》に取《と》ると、ひろし君《くん》にわたした。

「先生《せんせい》、大丈夫《だいじょうぶ》なの？　もし、目《め》を覚《さ》ましたキツネがおそいかかってきたら——」

不安《ふあん》げなたけし君《くん》に、

「そのときにはミミちゃんも目《め》を覚《さ》ましているだろうから大丈夫《だいじょうぶ》。しっかり守《まも》ってもらうわ」

先生《せんせい》は笑顔《えがお》で答《こた》えた。

ハルナ先生《せんせい》を残《のこ》し、ぼくたちは山小屋《やまごや》をあとにした。ぼくはマリアちゃんのあとを、みんなはぼくのあとをついてくる。人工降雪機《じんこうこうせつき》からふき出《だ》した水《みず》が霧状《きりじょう》になって頭上《ずじょう》に降《ふ》り注《そそ》ぐ。ぼくは何度《なんど》もからだをふって、毛《け》についた水《みず》を飛《と》ばさなければならなかった。

夕方《ゆうがた》になって急激《きゅうげき》に気温《きおん》が下《さ》がり始《はじ》めたようだ。ちょっと寒《さむ》くはあるけれど、雪《ゆき》は固《かた》くしまってここへやってきたときほど歩《ある》きにくくはない。

「うわっ!」

一番後《いちばんうし》ろを歩《ある》いていたたけし君《くん》が声《こえ》をあげた。ふり返《かえ》ると、たけし君《くん》の足《あし》もとにセミがお腹《なか》を向《む》けて転《ころ》がっている。はねがぬれて動《うご》けずにいるらしい。

「さわってはいけませんよ」

ひろし君《くん》はたけし君《くん》にそう注意《ちゅうい》すると、

「タケル君《くん》。先《さき》を急《いそ》ぎましょう」

前《まえ》を向《む》いてぼくを急《せ》かした。

数分後《すうふんご》、無事《ぶじ》に林《はやし》を脱出《だっしゅつ》する。目《め》の前《まえ》には〈ゴンドラ山頂駅《さんちょうえき》まで20メートル〉と記《しる》された看板《かんばん》が立《た》っていた。

「……どこだよ、ここ?」

あ然《ぜん》とした表情《ひょうじょう》でたけし君《くん》はその場《ば》に立《た》ちつくしている。

「くわしい説明《せつめい》はゴンドラの中《なか》でします」

ひろし君《くん》は立《た》て看板《かんばん》に従《したが》い、ゴンドラ乗《の》り場《ば》に向《む》かって早足《はやあし》で歩《ある》き出《だ》した。

「おい、待《ま》てって」

たけし君《くん》がそのあとを追《お》う。

どうもありがとう。

ぼくはマリアちゃんにお礼《れい》をのべた。

周囲《しゅうい》を気《き》にしながら、マリアちゃんはぼくに顔《かお》を近《ちか》づけた。

『最後《さいご》にひとことだけ』

小声《こごえ》でささやく。

『……に気《き》をつけて』

突風《とっぷう》が言葉《ことば》の一部《いちぶ》をかき消《け》した。

『あの女《おんな》はあなたたちの敵《てき》よ』

え？　なに？

ぼくがそうきき返《かえ》したときにはもう、マリアちゃんの姿《すがた》はどこにも見《み》えなくなっていた。

# 19 ゴンドラのわな

人工降雪機《じんこうこうせつき》からふき出《だ》した水《みず》を浴《あ》びたせいで全身《ぜんしん》びしょぬれだ。

ぼくはからだを思《おも》いきりふって水《みず》をふき飛《と》ばしたが、だからといってすぐに体毛《たいもう》がかわくわけではない。

次第《しだい》にあたりはうす暗《ぐら》くなってきた。日《ひ》が暮《く》れれば、さらに気温《きおん》が下《さ》がるだろう。できることなら、その前《まえ》にホテルにたどり着《つ》きたい。

ひろし君《くん》たちもぼくと同《おな》じようにびしょぬれになったはずだ。実際《じっさい》、髪《かみ》の毛《け》はしっとりぬれていたが、スノーウェアは防水《ぼうすい》がしっかりしているのか、とくに寒《さむ》がっている様子《ようす》はなかった。

やがて、ゴンドラ乗《の》り場《ば》にたどり着《つ》く。入《い》り口近《ぐちちか》くにはりつけられたマップを見《み》ると、ゴンドラはホテルから山頂駅《さんちょうえき》まで一直線《いっちょくせん》でつながっていた。所要時間《しょようじかん》は十五分《じゅうごふん》。このゴンドラに乗《の》れば、すぐにホテルまで行《い》けるだろう。

しかし、改札前《かいさつまえ》には〈本日《ほんじつ》、営業終了《えいぎょうしゅうりょう》〉の札《ふだ》がかかっている。ゴンドラは完全《かんぜん》に停止《ていし》していた。

ニット帽《ぼう》を目深《まぶか》にかぶり、フェイスマスクを装着《そうちゃく》したスタッフらしき女性《じょせい》がひとり、モップで床《ゆか》の掃除《そうじ》をしている。

「あの……すみません」

ひろし君《くん》がお姉《ねえ》さんに声《こえ》をかけた。

「え？　もうゴンドラは止《と》まっちゃったよ。君《きみ》たち、どうしてまだこんなところにいるの？」

よほどびっくりしたのか、お姉《ねえ》さんの声《こえ》は裏返《うらがえ》ってしまっている。

「すみません。林《はやし》の中《なか》で迷《まよ》いまして……」

「大丈夫《だいじょうぶ》？　けがはない？」

お姉《ねえ》さんは三人《さんにん》の顔《かお》を順番《じゅんばん》に見《み》た。

「うん、大丈夫《だいじょうぶ》」

とナオちゃんが答《こた》える。

「それならよかった。さあ、ゴンドラに乗《の》って。すぐに動《うご》かしてあげるわ」

「あの……今《いま》すぐホテルの人《ひと》と連絡《れんらく》を取《と》りたいのですが」

「そんなことはあたしがやっておくから。保護《ほご》した三人《さんにん》をゴンドラに乗《の》せました、って無線《むせん》でホテルに伝《つた》えればいいんでしょう？　そうしておけば、君《きみ》たちの保護者《ほごしゃ》と、ゴンドラ降《お》り場《ば》ですぐに会《あ》えるはず。早《はや》く向《む》かって安心《あんしん》させてあげて」

お姉《ねえ》さんの勢《いきお》いにおされ、ひろし君《くん》はそれ以上《いじょう》なにもいえなくなってしまったようだ。確《たし》かに、電話《でんわ》ごしにあれこれ説明《せつめい》するよりも、ホテルへもどって直接話《ちょくせつはな》したほうが早《はや》いかもしれない。

ゴンドラは六人乗《ろくにんの》りだった。まず、ひろし君《くん》とナオちゃんが向《む》かい合《あ》わせで乗《の》りこむ。ひろし君《くん》のとなりに僕《ぼく》が、ナオちゃんのとなりにたけし君《くん》がこしを下《お》ろした。ぼくたちが座《すわ》ったことを確認《かくにん》すると、ゴンドラはゆっくりと動《うご》き始《はじ》めた。お姉《ねえ》さんがこちらに向《む》かって大《おお》きく手《て》をふる。

「わけがわかんないよ」

お姉《ねえ》さんに手《て》をふり返《かえ》しながら、たけし君《くん》はいった。

「どうしてオレたち、〈迷《まよ》いの森《もり》〉に入《はい》ったはずなのに、いつの間《ま》にかスキー場《じょう》のてっぺんにいたんだ？」

林《はやし》の中《なか》の空間《くうかん》がゆがんでいたのだ、とひろし君《くん》が説明《せつめい》してもたけし君《くん》にはピンとこないらしい。まあ正直《しょうじき》なところをいえば、ぼくにもよくわかっていなかった。

「……オジサン、どうしてブルーデーモンになる力《ちから》を失《うしな》っちゃったんだろう？」

外《そと》の景色《けしき》を見《み》ながらナオちゃんがぼそりとつぶやく。クロさんはナオちゃんにとって血《ち》のつながった親戚《しんせき》だ。クロさんと敵対《てきたい》して以降《いこう》、ナオちゃんはぼくたちにはわからない複雑《ふくざつ》な心境《しんきょう》をいだいていたにちがいない。

「それはわかりません。でも、一度《いちど》ブルーデーモンになったとしても、また普通《ふつう》の人間《にんげん》にもどれる方法《ほうほう》があったということですよね？　これは大《おお》きな希望《きぼう》です。ブルーデーモンになってしまったカメヤマさんも、もとにもどれるかもしれません」

「人間《にんげん》であることが本当《ほんとう》に幸《しあわ》せなのかな？」

ナオちゃんがゆっくりとひろし君《くん》のほうを向《む》く。

「以前《いぜん》のオジサンだったら、キツネの怪物《かいぶつ》なんてあっという間《ま》にたおしていたはずだよ。だけど、今回《こんかい》はなんにもできなかった。ミミがいたからなんとか助《たす》かったけど……もし、ミミまでブルーデーモンになる力《ちから》を失《うしな》っていたらと思《おも》うと、ぞっとしない？」

ひろし君《くん》はなにも答《こた》えなかった。答《こた》えることができなかったのだろう。ミミがブルーデーモンにならなければ、クロさんは命《いのち》を落《お》としていたかもしれない。

突然《とつぜん》、ゴンドラが大《おお》きくゆれた。そのままぴたりと停止《ていし》する。

「なんだ？　なんだ？　どうしたんだ？」

たけし君《くん》はきょろきょろとあたりを見回《みまわ》した。

『強風《きょうふう》のため、ゴンドラを一時停止《いちじていし》させていただきます』

ゴンドラ内《ない》に設置《せっち》された無線機《むせんき》から音声《おんせい》が聞《き》こえた。ぼくたちをゴンドラに乗《の》せてくれたお姉《ねえ》さんの声《こえ》だ。

『安全《あんぜん》が確認《かくにん》され次第《しだい》、運行《うんこう》を再開《さいかい》しますので、もうしばらくお待《ま》ちくださぃ……なーんてうそ」

突然《とつぜん》、声色《こわいろ》が変化《へんか》する。たけし君《くん》とナオちゃんは同時《どうじ》に顔《かお》を見合《みあ》わせた。その声《こえ》には聞《き》き覚《おぼ》えがあったのだ。

『天才少年《てんさいしょうねん》ひろし君《くん》をだましちゃうなんて、あたしの変装《へんそう》もなかなかのものだったでしょう？』

無線機《むせんき》の向《む》こう側《がわ》にいる女性《じょせい》はころころと笑《わら》った。

「……リリーさんでしたか」

ひろし君《くん》はかたを小《ち》さく動《うご》かして白《しろ》い息《いき》をはいた。

リリーさんはメサイアの手下《てした》のひとりでジョーさんの相棒《あいぼう》だ。ゴンドラに乗《の》るとき、注意深《ちゅういぶか》くにおいをかいでいたらわかったのかもしれないが、早《はや》くホテルにもどらなければとあせっていたため、まったく気《き》づくことができなかった。

『君《きみ》たちには悪《わる》いけど、計画《けいかく》が完了《かんりょう》するまでそこにいてもらうわね。スタッフはみんな帰《かえ》っちゃったから、無線機《むせんき》で助《たす》けを呼《よ》んでもむだよ』

「おい、やめてくれよ。こんなところに何時間《なんじかん》もいたらこごえ死《じ》んじゃうってば！」

たけし君《くん》は今《いま》にも泣《な》き出《だ》しそうな顔《かお》でそう口《くち》にしたが、無線機《むせんき》はそれ以上《いじょう》なにもしゃべってくれない。どうやら、リリーさんのほうから一方的《いっぽうてき》に切《き》られてしまったようだ。

「……どうするんだよ？」

たけし君《くん》がへなへなとその場《ば》に座《すわ》りこむ。

ぼくは座席《ざせき》の背《せ》もたれに手《て》をかけ、大《おお》きな窓《まど》の向《む》こう側《がわ》をのぞきこんだ。真下《ました》はゲレンデだが人《ひと》の姿《すがた》はまったくない。自衛隊《じえいたい》はユズキちゃんが変身《へんしん》した怪物《かいぶつ》を追《お》ってホテルにもどっていったし、警察《けいさつ》もホテルのほうを重点的《じゅうてんてき》に調《しら》べているはずだ。だれかが通《とお》りかかる可能性《かのうせい》はかなり低《ひく》いだろう。

ここから飛《と》び下《お》りれば……いや、無理《むり》だ。地上《ちじょう》まで十《じゅう》メートル以上《いじょう》はある。無理《むり》やりゴンドラのドアを開《あ》けて外《そと》に出《で》たとしても、無事《ぶじ》でいられるはずがない。

ゲレンデの両側《りょうがわ》はスギ林《ばやし》でおおわれている。ぼくたちの乗《の》っているゴンドラよりもさらに高《たか》いところまで幹《みき》がのびているのがわかった。あそこへ飛《と》び移《うつ》ることができればいいのだけれど、一番近《ばんちか》いスギの木《き》でも約三《やくさん》メートルのきょりがある。ぼくのジャンプ力《りょく》でもちょっと難《むずか》しいだろう。

枝《えだ》がゆれた。目《め》をこらすと、ひときわ高《たか》いスギの木《き》のてっぺんに褐色《かっしょく》の小鳥《ことり》が止《と》まっている。

キバシリだ。

鳥《とり》のように空《そら》を飛《と》ぶことができたら、ホテルまで一気《いっき》にたどり着《つ》けるのになあ。

そんなことを考《かん》えていると突然《とつぜん》、ヒグラシの声《こえ》があたりにひびきわたった。とっさにゴンドラ内《ない》を見回《みまわ》したが、セミの姿《すがた》は見当《みあ》たらない。

全員《ぜんいん》の視線《しせん》がたけし君《くん》に集中《しゅうちゅう》する。ヒグラシの鳴《な》き声《ごえ》はたけし君《くん》の胸《むな》もとから聞《き》こえていた。

「……どういうことですか？」

ひろし君《くん》がたずねる。

「山小屋《やまごや》を脱出《だっしゅつ》したとき、雪《ゆき》の上《うえ》にセミがあおむけでひっくり返《かえ》ってただろ？　持《も》ち帰《かえ》ったら、『大発見《だいはっけん》だ！』ってみんなおどろいてくれるんじゃないかと思《おも》ってさ……」

たけし君《くん》はそう説明《せつめい》しながらウェアのポケットを探《さぐ》り、チョコレートの入《はい》っていた青《あお》い缶《かん》ケース――ブルースターを取《と》り出《だ》した。缶《かん》の中《なか》からセミの鳴《な》き声《ごえ》と羽音《はおと》が聞《き》こえてくる。

「てっきり死《し》んでるんだと思《おも》ってたけど……」

「生《い》きてますよ。僕《ぼく》の話《はなし》を聞《き》いていなかったのですか？　はねがぬれたために動《うご》けなくなっていただけです」

めずらしいことに、ひろし君《くん》の口調《くちょう》はいつもとちがってかなりきつめだった。

「まさか、捕獲《ほかく》するとき、セミにさわりませんでしたよね？」

「それはないよ。鱗粉《りんぷん》がついたら大変《たいへん》だと思《おも》ったから、缶《かん》のふたを使《つか》ってすくいあげたんだ」

ヒグラシの鳴《な》き声《ごえ》はますます大《おお》きくなった。ブルースターのふたがカタカタとゆれ動《うご》く。たけし君《くん》はあわててふたをおさえた。

「危険《きけん》です。今《いま》すぐ外《そと》へ捨《す》てましょう」

ひろし君《くん》は早口《はやくち》でいった。

「この缶《かん》はものすごくかたいから大丈夫《だいじょうぶ》だって」

「たけし君《くん》にはまだ話《はな》していませんでしたね。山小屋《やまごや》の外《そと》で穴《あな》の空《あ》いたブルースターを見《み》つけました。穴《あな》の数《かず》は全部《ぜんぶ》で七《なな》つ。ブルースターの中《なか》にはセミのヌケガラが七《なな》つ入《はい》っていました。これがどういうことかわかりますか？　パラサイトバグはただのセミではありません。ブルースターを食《く》い破《やぶ》る力《ちから》を持《も》っているのですよ」

「え――」

とたんにたけし君《くん》の顔色《かおいろ》が変《か》わった。ブルースターの中《なか》で激《はげ》しく暴《あば》れ回《まわ》るセミの音《おと》。内側《うちがわ》から針《はり》でもさしたみたいに、缶《かん》の一部《いちぶ》がわずかにふくれあがる。

「うわあああああっ！」

たけし君《くん》が空中《くうちゅう》に放《ほう》り出《だ》したブルースターをナオちゃんがキャッチする。ひろし君《くん》は緊急脱出《きんきゅうだっしゅつ》用《よう》のレバーを下《お》ろしてゴンドラのとびらを開《あ》けると、ナオちゃんからブルースターをうばい取《と》り、林《はやし》のほうに向《む》かって投《な》げつけた。

ブルースターを突《つ》き破《やぶ》ってセミが姿《すがた》を見《み》せる。青《あお》い粉《こな》が宙《ちゅう》に舞《ま》った。ブルースターを放《ほう》り出《だ》すのがあと数秒《すうびょう》おくれていたら、ゴンドラ内《ない》に鱗粉《りんぷん》が広《ひろ》がっていただろう。そうなったら僕《ぼく》らは全《ぜん》員《いん》、ブルーデーモン化《か》していたわけだ。まさに間一髪《かんいっぱつ》。ぼくはほっと胸《むね》をなで下《お》ろした。

「たけし君《くん》、すみません。大切《たいせつ》にしていた缶《かん》ケースを――」

ひろし君《くん》が申《もう》し訳《わけ》なさそうにいう。

「……オレこそ勝手《かって》なことをしてゴメン。まさか缶《かん》を突《つ》き破《やぶ》るほどの力《ちから》があるなんて知《し》らなかったから。……助《たす》かったよ、ひろし。ありがとう」

たけし君《くん》は素直《すなお》に頭《あたま》を下《さ》げた。

「いや……安心《あんしん》するのはまだ早《はや》いようです」

開《ひら》きっぱなしのとびらに手《て》をかけ、セミの行方《ゆくえ》を追《お》っていたひろし君《くん》がわずかにまゆをひそめる。

「どうしたの？」

ナオちゃんが首《くび》をかしげた。

「よほどお腹《なか》が空《す》いていたのでしょうね。キバシリがセミを食《た》べてしまいました」

……え？

**ぐぎゃあああああっ！**

耳《みみ》をつんざくような大音響《だいおんきょう》と共《とも》に、ゴンドラの窓《まど》が褐色《かっしょく》のつばさでおおわれた。大《おお》きな目玉《めだま》がふたつ、ゴンドラ内《ない》をのぞきこんでくる。ぼくたちと目《め》があったとたん、巨大《きょだい》なくちばしが窓《まど》をつついた。ゴンドラは大《おお》きくゆれ、窓《まど》に放射状《ほうしゃじょう》の亀裂《きれつ》が入《はい》る。

「どうやら、まだお腹《なか》を空《す》かせているみたいですね」

ひろし君《くん》は巨大化《きょだいか》したブルーベリー色《いろ》のキバシリを興味深《きょうみぶか》そうにながめながらいった。

ゴンドラの窓《まど》はあっという間《ま》に破《やぶ》られた。キバシリはからだを変形《へんけい》させ、ゴンドラの中《なか》に無理《むり》やり入《はい》ってこようとする。

「もしかしてこの鳥《とり》、ナオたちを食《た》べようとしてるんじゃないの!?」

ナオちゃんが悲鳴《ひめい》に近《ちか》いさけび声《ごえ》をあげる。

「はい、おそらく」

「おい。のんきにかまえてる場合《ばあい》じゃないだろ？　どうするんだよ？」
たけし君《くん》はひろし君《くん》のこしにしがみついた。
ゴンドラがブランコのようにゆれる。ぼくはバランスをくずし、床《ゆか》の上《うえ》を派手《はで》に転《ころ》がった。そのまま開《ひら》きっぱなしのとびらから放《ほう》り出《だ》されそうになる。もうダメだと思《おも》ったところで、ナオちゃんがぼくのからだをつかんで引《ひ》き寄《よ》せてくれた。
みんなは座席横《ざせきよこ》の手《て》すりをつかんで必死《ひっし》にたえたが、ゴンドラのゆれはますます激《はげ》しくなる。ずっとこのままではいられないだろう。外《そと》へ放《ほう》り出《だ》されるのは時間《じかん》の問題《もんだい》だ。

どっかへ行《い》っちまえ！

ぼくは怪物《かいぶつ》に向《む》かってほえた。多少《たしょう》は効果《こうか》があったのか、キバシリの動《うご》きがぴたりと止《と》まる。

「ねえ、あれを見《み》て！」

ナオちゃんが窓《まど》の外《そと》を指差《ゆびさ》しながらさけんだ。

巨大《きょだい》な怪物《かいぶつ》がぼくたちの乗《の》ったゴンドラを攻撃《こうげき》したことで、周辺《しゅうへん》にもよけいな負荷《ふか》がかかったのだろう。ゴンドラの進行方向《しんこうほうこう》にそびえたつ鉄柱《てっちゅう》がななめにかたむいていた。ゴンドラをつり下《さ》げているワイヤーが滑車《かっしゃ》からはずれかけている。ワイヤーがはずれたら、ゴンドラは十《じゅう》メートル下《した》の雪面《せつめん》へ一気《いっき》に落下《らっか》するだろう。そうなったら絶対《ぜったい》に助《たす》からない。

「ここから脱出《だっしゅつ》しましょう」

ひろし君《くん》はザックを背中《せなか》から下《お》ろすと、そこから登山用《とざんよう》のロープを取《と》り出《だ》した。

「たけし君《くん》、桜田《さくらだ》さん、このロープをからだに巻《ま》きつけたら、ぼくのあしにしがみついてください。絶対《ぜったい》にはなしてはいけませんよ」

ロープの先端《せんたん》に輪《わ》っかを作《つく》りながら、ふたりにそう告《つ》げる。

「おい……なにをするつもりだよ？」

「かなりの危険《きけん》をともないますが、残《のこ》された道《みち》はこれしかありません」

ひろし君《くん》は緊張《きんちょう》した面持《おもも》ちでそう口《くち》にすると、おとなしくなった怪物《かいぶつ》のくちばしにロープの一《いっ》端《たん》を引《ひ》っかけた。

「ひろし君《くん》……まさか……」

ナオちゃんの顔色《かおいろ》が変《か》わる。

ひろし君《くん》は右手《みぎて》でロープをつかみ、もう片方《かたほう》の手《て》でぼくをかかえた。

鉄柱《てっちゅう》のほうからきしんだ音《おと》が聞《き》こえてくる。滑車《かっしゃ》がこわれ、ワイヤーがはじけ飛《と》んだ。

「タケル君《くん》、キバシリに向《む》かって思《おも》いきりほえて！」

ひろし君《くん》がさけぶ。

ぼくはいわれたとおり、ありったけの大声《おおごえ》を張《は》りあげた。

**ぐぎゃあああああっ！**

ぼくの声《こえ》におどろいたのか、怪物《かいぶつ》がゴンドラからはなれた。

怪物《かいぶつ》のくちばしにはロープが引《ひ》っかかっている。ロープをにぎったひろし君《くん》、ひろし君《くん》にだかれたぼく、ひろし君《くん》のあしにしがみついているナオちゃんとたけし君《くん》――ぼくたちは怪物《かいぶつ》に引《ひ》っ張《ぱ》られて窓《まど》の外《そと》へと勢《いきお》いよく飛《と》び出《だ》した。

背後《はいご》ですさまじい轟音《ごうおん》が聞《き》こえた。おそらく、ぼくたちの乗《の》っていたゴンドラが地上《ちじょう》へと落下《らっか》したのだろう。

強《つよ》い風《かぜ》が全身《ぜんしん》の毛《け》をなでていく。ぼくたちは怪物《かいぶつ》に引《ひ》っ張《ぱ》られて空《そら》を飛《と》んでいた。

……これからどうなってしまうんだろう？

ぼくはぎゅっと両目《りょうめ》を閉《と》じ、みんなが無傷《むきず》で助《たす》かることをただいのるしかなかった。

# 20 たのもしい助《すけ》っ人《と》

ひろし君《くん》、たけし君《くん》、ナオちゃんの三人《さんにん》はブルーデーモン化《か》したキバシリの背中《せなか》にまたがって空《そら》を飛《と》んでいる。

最初《さいしょ》はこわがっていたたけし君《くん》も、意外《いがい》と快適《かいてき》な乗《の》り心地《ごこち》に笑顔《えがお》を取《と》りもどしていた。

あたりはすっかり暗《くら》くなっていた。キバシリはぼくたちが背中《せなか》に乗《の》っていることに気《き》づいているのかいないのか、時折首《ときおりくび》を動《うご》かしながら飛行《ひこう》を続《つづ》けている。

日《ひ》の入《い》りの時刻《じこく》から考《かんが》えると、今《いま》はおそらく午後五時半《ごごごじはん》ごろだろう。イベントが始《はじ》まるまであと三十分《さんじっぷん》。イベント会場《かいじょう》にうめられたパラサイトバグが羽化《うか》するまで一時間半《いちじかんはん》しかない。

「このままホテルまでオレたちを運《はこ》んでくれたらいいんだけどな」

たけし君《くん》がいった。確《たし》かに、キバシリをうまくコントロールできれば、イベント開始時刻《かいしじこく》までにホテルへたどり着《つ》くことは可能《かのう》かもしれない。

しかし、ひろし君《くん》は深刻《しんこく》そうな表情《ひょうじょう》をうかべたままだった。

「どうしたの？　さっきからずっとだまってるけど」

そんなひろし君《くん》の様子《ようす》に気《き》づいたナオちゃんが声《こえ》をかける。

「誤算《ごさん》でした」

ひろし君《くん》がぼそりと答《こた》える。

「このままではゴンドラが落下《らっか》してしまうと思《おも》い、危険《きけん》を承知《しょうち》でキバシリに飛《と》び移《うつ》るという無茶《むちゃ》な行動《こうどう》をとってしまいました。キバシリの習性《しゅうせい》から考《かんが》えて、捕食《ほしょく》のためにすぐに木《き》に止《と》まろうとするのではないか――そのタイミングをねらって飛《と》び降《お》りるつもりだったのですが……ブルーデーモン化《か》したことで興奮《こうふん》してしまったのか、地上《ちじょう》へ下《お》りる様子《ようす》がまったくありません」

「……え？　そうなのか？」

たけし君《くん》の口調《くちょう》が変《か》わる。

「どうするんだよ？」

「ブルーデーモンもつかれ知《し》らずというわけではないでしょう。ずっと飛《と》び続《つづ》けられるはずはありません。僕《ぼく》たちを背中《せなか》に乗《の》せているのですからなおさらです。キバシリがからだを休《やす》めようと地上《ちじょう》に下《お》りるときを気長《きなが》に待《ま》つしかありませんね」

「午後七時《ごごしちじ》まで、まだ一時間以上《いちじかんいじょう》あるもんな。さすがに一時間《いちじかん》も飛《と》び回《まわ》ることはないんだろ？」

「おそらく」

ひろし君《くん》の言葉《ことば》にたけし君《くん》はほっとした表情《ひょうじょう》を見《み》せた。

「ただ――」

しかし、ひろし君《くん》の表情《ひょうじょう》は変《か》わらない。

「ぼくたちは今現在《いまげんざい》、ホテルから少《すこ》しずつはなれてしまっているようです」

「……え」

背後《はいご》からナオちゃんの声《こえ》が聞《き》こえた。

「どうしてそんなことがわかるの？」

「星《ほし》の位置《いち》とゲレンデの形《かたち》から、ホテルの方向《ほうこう》を導《みちび》き出《だ》しました。キバシリの進行方向《しんこうほうこう》はホテルのある方角《ほうがく》よりも左《ひだり》にずれています。このまま飛《と》び続《つづ》けると、まったくちがう場所《ばしょ》へ連《つ》れていかれることになりますね」

「それじゃあダメじゃないか！」

たけし君《くん》はうしろからひろし君《くん》のかたをつかんで前後《ぜんご》にゆすった。

「早《はや》くこいつの背中《せなか》から下《お》りなくっちゃ」

「無理《むり》だよ。この高《たか》さから飛《と》び降《お》りたら絶対《ぜったい》に助《たす》からないって」

ナオちゃんがいう。

「じゃあ、どうするんだよ？」

「地上《ちじょう》に下《お》りる方法《ほうほう》がないわけではありませんが……」

ひろし君《くん》はためらいがちに答《こた》えた。

「だったら、今《いま》すぐその方法《ほうほう》を使《つか》おうぜ」

「危険《きけん》をともないますし、キバシリのことを思《おも》うとあまり気《き》が進《すす》み――」

ひろし君《くん》がしゃべっているとちゅうで、いきなりキバシリは急降下《きゅうこうか》を始《はじ》めた。

営業《えいぎょう》を終《お》えたゲレンデにふたつの人《ひと》かげが見《み》えた。若《わか》い男女《だんじょ》だ。ふたりともスノーボードをかついで歩《ある》いている。どちらも全身雪《ぜんしんゆき》まみれだった。女性《じょせい》のほうは右足《みぎあし》をひきずっている。コース外《がい》をすべっていてけがをしたのかもしれない。助《たす》けを呼《よ》ぼうにも、ジョーさんたちの仕業《しわざ》でスマホはつながらない。仕方《しかた》なくゲレンデを歩《ある》いて下《お》りていたのだろう。

キバシリはふたりのほうに向《む》かって一直線《いっちょくせん》に下降《かこう》していく。ひどくお腹《なか》を空《す》かせていたから、たぶん彼《かれ》らを食《た》べるつもりなのだ。

「みなさん、しっかりとロープをにぎっていてください」

ひろし君《くん》はウェアのポケットから爆音銃《ばくおんじゅう》を取《と》り出《だ》した。

「おい、ひろし。なにをする気《き》だ？」

「キバシリさん……すみません」

キバシリの頭部《とうぶ》に向《む》けて、爆音銃《ばくおんじゅう》の引《ひ》き金《がね》を引《ひ》く。

怪物《かいぶつ》の気配《けはい》に気《き》がついたのか、眼下《がんか》のふたりがこちらをふり返《かえ》った。気絶《きぜつ》した怪物《かいぶつ》がゲレンデに落下《らっか》する。ぼくは目《め》を閉《と》じ、歯《は》を食《く》いしばった。激《はげ》しい衝撃《しょうげき》がくるのではと身構《みがま》えたが、ブルーデーモンのやわらかいからだがうまい具合《ぐあい》にクッションの役割《やくわり》を果《は》たしてくれたようだ。

おどろいた表情《ひょうじょう》をうかべるふたり組《ぐみ》の横《よこ》をすり抜《ぬ》け、キバシリは坂《さか》をすべり落《お》ちていった。そのスピードは空《そら》を飛《と》んでいたときとほとんど変《か》わらない。

「もしかして、このままホテルまで直行《ちょっこう》できるんじゃないか？」

たけし君《くん》の言葉《ことば》に、ひろし君《くん》は首《くび》を横《よこ》にふった。

「残念《ざんねん》ながらそううまくはいかないようです」

目《め》の前《まえ》に〈ストップ！　この先危険《さききけん》！〉の立《た》て看板《かんばん》が現《あらわ》れる。

キバシリはその看板《かんばん》に真正面《ましょうめん》から衝突《しょうとつ》した。さらに立《た》ち入《い》り禁止《きんし》のロープをからだに引《ひ》っかける。それでもスピードがおとろえることはなかった。

からだがふわりと宙《ちゅう》にうかぶ。

「うわあああああっ！」

たけし君《くん》のさけび声《ごえ》。

ぼくたちは鳥《とり》の怪物《かいぶつ》と共《とも》に急坂《きゅうはん》を落下《らっか》していった。


……目《め》を覚《さ》ます。

どうやら気絶《きぜつ》していたらしい。ぼくのそばにはひろし君《くん》、たけし君《くん》、ナオちゃんの三人《さんにん》が折《お》り重《かさ》なるようにたおれていた。すぐそばには巨大化《きょだいか》したままのキバシリが横《よこ》たわっている。

大声《おおごえ》でほえたり、鼻《はな》の先《さき》をなめたり、ほっぺたを引《ひ》っかいたりして、ぼくは三人《さんにん》を起《お》こした。

ぼくたちの目《め》の前《まえ》にはガケにしか見《み》えない急坂《きゅうはん》がそそり立《た》っている。キバシリがなぎたおした〈ストップ！　この先危険《さききけん》！〉の看板《かんばん》がすぐそばに転《ころ》がっていた。

急坂《きゅうはん》を見上《みあ》げる。この上《うえ》から落《お》ちてきたのだと思《おも》うとぞっとした。

三人《さんにん》がゆっくりと上半身《じょうはんしん》を起《お》こす。幸《さいわ》いなことに全員《ぜんいん》、大《おお》きなけがは負《お》っていないようだ。ブルーデーモン化《か》したキバシリがクッションになってくれたおかげだろう。

キバシリもぱっと見《み》た感《かん》じだと外傷《がいしょう》はなさそうだった。ただ爆音銃《ばくおんじゅう》の衝撃《しょうげき》で気《き》を失《うしな》っているため、しばらくは目《め》を覚《さ》ますこともなさそうだ。

「……まずいことになりましたね」

うで時計《どけい》を確認《かくにん》したひろし君《くん》の表情《ひょうじょう》がくもった。

「六時二十五分《ろくじにじゅうごふん》……ずいぶんと時間《じかん》が経《た》ってしまったようです」

すでにイベントは始《はじ》まっている。セントラルガーデンは大勢《おおぜい》の人《ひと》でにぎわっているだろう。そして、パラサイトバグが羽化《うか》するまであとたった三十五分《さんじゅうごふん》しかない。

「ホテルに急《いそ》ごう」

たけし君《くん》はウェアについた雪《ゆき》をはらって立《た》ち上《あ》がった。

「どっちへ向《む》かえばいいんだ？」

「それが……方向《ほうこう》がわからなくなってしまいました」

そういってひろし君《くん》は空《そら》を指《さ》し示《しめ》した。山《やま》の天気《てんき》は変《か》わりやすい。空全体《そらぜんたい》にうす雲《ぐも》がかかってしまい、さっきまで見《み》えていた星空《ほしぞら》はもうどこにも存在《そんざい》しなかった。

周囲《しゅうい》をぐるりと見回《みまわ》す。ぼくたちが落《お》ちてきた急坂《きゅうはん》の向《む》かい側《がわ》はなだからな丘《おか》がどこまでも続《つづ》いている。うす雲《ぐも》の向《む》こう側《がわ》にある月明《つきあ》かりのおかげであたりの様子《ようす》はなんとなくわかったが、スキー場《じょう》の照明《しょうめい》らしきものはどこにも見《み》つからない。どちらへ進《すす》めばいいのかさっぱりわからなかった。

「本来《ほんらい》であれば、下手《へた》に動《うご》き回《まわ》ったりはせず、ここにとどまって救助《きゅうじょ》を待《ま》つことが最適解《さいてきかい》なのでしょうが……今《いま》はそうもいってられません。とにかく歩《ある》きましょう」

ひろし君《くん》がふたりをうながす。しかし、立《た》ち上《あ》がろうとしたナオちゃんが不意《ふい》に顔《かお》をしかめた。

「どうしました？」

バランスをくずしてたおれそうになったナオちゃんのからだをひろし君《くん》がとっさに支《ささ》える。

「……右《みぎ》の足首《あしくび》をひねっちゃったみたい」

ナオちゃんがいった。とんでもない急坂《きゅうはん》をすべり下《お》りてきたのだ。やはり、全員無傷《ぜんいんむきず》というわけにはいかなかったらしい。

「ナオは大丈夫《だいじょうぶ》だから、ふたりとも早《はや》くホテルへ向《む》かって」

よほど痛《いた》むのだろう。呼吸《こきゅう》をあらくしながらナオちゃんはそう口《くち》にした。

「気温《きおん》もかなり下《さ》がってきました。このまま放《ほう》っておくわけにもいきません」

こうしている間《あいだ》にもタイムリミットは刻一刻《こくいっこく》とせまりつつある。

どうすればいい？

——もしなにか困《こま》ったことがあったら……わしらが助《たす》けてやるからのう。

今朝《けさ》出会《であ》ったシベリアンハスキーのおじいさんの顔《かお》が脳裏《のうり》にうかんだ。

——笛《ふえ》の音《おと》が聞《き》こえたら、どこにいてもわしらがすぐにかけつけてやるわ。

そうだ、犬笛《いぬぶえ》！

ぼくはひろし君《くん》にとびつき、ウェアのポケットに入《い》れておいた笛《ふえ》を口《くち》にくわえて取《と》り出《だ》した。

『今《いま》すぐこの笛《ふえ》をふいて！』

ひろし君《くん》にそう伝《つた》える。

「いつの間《ま》にこんなものを――」

ひろし君《くん》はぼくから犬笛《いぬぶえ》を受《う》け取《と》ると、理由《りゆう》もきかずにそれを鳴《な》らした。

すぐに遠《とお》ぼえが聞《き》こえた。ハスキー犬《けん》のおじいさんの声《こえ》だ。

こっちだよ！

大声《おおごえ》でさけぶ。

運《うん》がいいことに、ぼくたちのいた場所《ばしょ》はハスキー犬《けん》の自宅《じたく》のすぐそばだったらしい。数分《すうふん》と待《ま》たずに、五頭《ごとう》のハスキー犬《けん》がかけつけてくれた。

『ぼくたちを大急《おおいそ》ぎでホテルまで連《つ》れてってもらえるかな？』

『お安《やす》いご用《よう》じゃ。任《まか》せとけ』

おじいさんがキバを見《み》せて笑《わら》う。

『ちょうどいいものがあったぜ』

もっとも目《め》つきのするどい一頭《いっとう》が、急坂《きゅうはん》の下《した》に転《ころ》がっていた立《た》て看板《かんばん》とキバシリにからまったロープを指《さ》し示《しめ》していった。

『おまえさん、その少年《しょうねん》としゃべれるんじゃな？　だったら、人間《にんげん》さんたちにも手伝《てつだ》ってもらおうか』

ハスキー犬《けん》の指示《しじ》をひろし君《くん》に伝《つた》え、看板《かんばん》にロープを結《むす》びつける。ロープの先《さき》は五頭《ごとう》のハスキー犬《けん》が口《くち》にくわえた。犬《いぬ》ゾリの完成《かんせい》だ。

ぼくたちは雪《ゆき》の上《うえ》に置《お》かれた立《た》て看板《かんばん》の真《ま》ん中《なか》にからだを寄《よ》せ合《あ》って乗《の》った。ひろし君《くん》は気絶《きぜつ》したままのキバシリのことが気《き》になるようだったが、今《いま》はパラサイトバグの羽化《うか》を阻止《そし》することが最優先事項《さいゆうせんじこう》だ。キバシリはその場《ば》に残《のこ》して出発《しゅっぱつ》することとなった。

『みんな、準備《じゅんび》はいいか？』

おじいさんがさけぶ。

『オーッ！』

威勢《いせい》のいいかけ声《ごえ》と共《とも》に、ぼくたちを乗《の》せたソリは動《うご》き始《はじ》めた。

# 21 悪夢《あくむ》の始《はじ》まり

シベリアンハスキーの息《いき》はぴったりだった。

声《こえ》をかけ合《あ》い、ときどき横目《よこめ》で仲間《なかま》の様子《ようす》を確認《かくにん》しながら、まったく乱《みだ》れることなくソリを走《はし》らせていく。おたがいのことを知《し》りつくし、信用《しんよう》していなければ得《え》られない団結力《だんけつりょく》だ。

五頭《ごとう》のハスキー犬《けん》がひろし君《くん》たちの姿《すがた》とダブった。ほかの四頭《よんとう》に的確《てきかく》な指示《しじ》を出《だ》しながら先頭《せんとう》を走《はし》るおじいさんはひろし君《くん》。おじいさんのすぐ後《うし》ろを走《はし》る二頭《にとう》は周《まわ》りを気《き》づかいながら、みんなが走《はし》りやすいようにスピードを細《こま》かく調整《ちょうせい》している。美香《みか》ちゃんとナオちゃんみたいだ。くだらないジョークを飛《と》ばしてみんなを笑《わら》わせている一番小《いちばんこ》がらな一頭《いっとう》はたけし君《くん》。たよりなさそうに見《み》えて、仲間《なかま》をまとめるムードメーカーとなっている。目《め》つきのするどい一頭《いっとう》は卓郎君《たくろうくん》だ。全《ぜん》体《たい》の動《うご》きを見《み》て厳《きび》しい言葉《ことば》を飛《と》ばす。彼《かれ》のひとことでみんながぴりりとひきしまるのがわかった。

まもなく、ぼくたちはホテルにたどり着《つ》いた。

ホテルの外《そと》に立《た》てられた大時計《おおどけい》は六時五十分《ろくじごじっぷん》を示《しめ》している。パラサイトバグの羽化《うか》まであと十《じっ》分《ぶん》しかない。

ホテルの前《まえ》には卓郎君《たくろうくん》と美香《みか》ちゃんが立《た》っていた。

「おまえら、今《いま》までなにやってたんだよ？」

ぼくたちの姿《すがた》を見《み》つけ、卓郎君《たくろうくん》がかけ寄《よ》ってくる。

「スマホもつながらねえし、警察《けいさつ》の人《ひと》に話《はなし》をしても『心配《しんぱい》ない』といわれるだけで、全然動《ぜんぜんうご》いてくれねえし」

ジョーさんがいっていたとおり、メサイアの催眠術《さいみんじゅつ》で誘導《ゆうどう》されていたにちがいない。

「ハルナ先生《せんせい》は？」

美香《みか》ちゃんがきく。

「コーラスサークルの人《ひと》たち、ハルナ先生《せんせい》がいなくなったって大《おお》さわぎしてたよ。結局《けっきょく》、先生抜《せんせいぬ》きで出演《しゅつえん》したみたいだけど」

「ハルナ先生《せんせい》とクロさんはまだ山小屋《やまごや》にいます。クロさんがけがを負《お》ってしまったので」

「え……じゃあ、すぐに助《たす》けに行《い》かないと」

「いや、今《いま》はまだダメだよ。山小屋《やまごや》の周《まわ》りにはセミがいる」

たけし君《くん》の言葉《ことば》に卓郎君《たくろうくん》は首《くび》をひねった。

「セミ？　セミってなんだ？」

「くわしく説明《せつめい》している時間《じかん》はありません。これから花壇《かだん》にうめられたブルースターをほり返《かえ》します。卓郎君《たくろうくん》と美香《みか》さんも手伝《てつだ》ってください！」

ひろし君《くん》はそう口《くち》にすると、セントラルガーデンに向《む》かって走《はし》り出《だ》した。たけし君《くん》があとに続《つづ》く。ナオちゃんも右足《みぎあし》を引《ひ》きずりながらふたりを追《お》い始《はじ》めた。

「おい、どういうことだよ？　オレたちにもわかるようにちゃんと説明《せつめい》してくれってば！」

卓郎君《たくろうくん》と美香《みか》ちゃんはけげんそうな表情《ひょうじょう》をうかべながら三人《さんにん》のあとを追《お》いかける。

『助《たす》かりました。ありがとうございます』

ぼくは五頭《ごとう》のハスキー犬《けん》に頭《あたま》を下《さ》げた。

『なんだか大変《たいへん》そうだな。わしらも手伝《てつだ》おうか？』

花壇《かだん》のどこにブルースターがうまっているかはわからない。ほり返《かえ》すには時間《じかん》がかかるだろう。今《いま》は少《すこ》しでも多《おお》くの協力者《きょうりょくしゃ》が必要《ひつよう》だ。

『ありがとうございます。では、ぼくについてきてください！』

そうさけんでぼくは全力《ぜんりょく》でかけ出《だ》した。

セントラルガーデンは大勢《おおぜい》のお客《きゃく》さんでにぎわっていた。みんな、ステージに注目《ちゅうもく》している。舞台《ぶたい》の上《うえ》に立《た》っていたのは真《ま》っ赤《か》なドレスを着《き》たリリーさんだった。

「みなさん、ここは危険《きけん》です。すぐにホテル内《ない》へもどってください！」

ひろし君《くん》の声《こえ》は、スピーカーから流《なが》れ出《だ》した大音量《だいおんりょう》の音楽《おんがく》にかき消《け》されてしまった。

マイクを持《も》ったリリーさんがだれもが知《し》っているクリスマスソングを歌《うた》い出《だ》す。迫力《はくりょく》のある歌《うた》声《ごえ》に大《おお》きな歓声《かんせい》がわき起《お》こった。手拍子《てびょうし》の音《おと》も次第《しだい》に大《おお》きくなっていく。みんな、リリーさんに夢中《むちゅう》で、ひろし君《くん》の警告《けいこく》にはまったく耳《みみ》をかたむけてくれない。もしかして、これも催眠術《さいみんじゅつ》の一《いっ》種《しゅ》なのだろうか？

「あと五分《ごふん》。みんなを避難《ひなん》させてる時間《じかん》はもうないよ！」

ナオちゃんがさけんだ。

こうなったらなんとしても、花壇《かだん》にうまっているブルースターを見《み》つけなくっちゃ！

ぼくはナオちゃんの横《よこ》を走《はし》り抜《ぬ》けて雪《ゆき》が積《つ》もった花壇《かだん》にジャンプした。前《まえ》あしで雪《ゆき》をほり返《かえ》していく。ハスキー犬《けん》のお兄《にい》さんたちもぼくの真似《まね》をして花壇《かだん》の雪《ゆき》をけ散《ち》らし始《はじ》めた。

しかし、花壇《かだん》はあまりにも広《ひろ》すぎた。この中《なか》からブルースターを見《み》つけるのは至難《しなん》の業《わざ》だ。

「おい、あそこ」

たけし君《くん》がホテルを指差《ゆびさ》した。五階《ごかい》の露天風呂《ろてんぶろ》からわき立《た》つ湯気《ゆげ》が空高《そらたか》くのぼっていく。その湯気《ゆげ》の向《む》こう側《がわ》——ホテルの屋根《やね》に二体《にたい》のブルーデーモンが立《た》っているのが見《み》えた。

あんなところでなにをやっているんだろう？

一体《いったい》は手《て》にしたスマホをステージに向《む》けていた。リリーさんを撮影《さつえい》しているのだろうか？　もう一体《いったい》はリリーさんの歌《うた》に聴《き》き入《い》っているのか、うでを組《く》んだままステージのほうをじっと見《み》つめている。

セントラルガーデンに集《あつ》まったお客《きゃく》さんたちはステージ上《じょう》のリリーさんに夢中《むちゅう》で、ブルーデーモンの存在《そんざい》にはまったく気《き》づいていないようだ。

「あれは有名動画配信者《ゆうめいどうがはいしんしゃ》のウサミ君《くん》とカメラマンのカメヤマ君《くん》だよ」

そう説明《せつめい》しながらぼくたちの前《まえ》に姿《すがた》を見《み》せたのはジョーさんだった。いつものレオタード姿《すがた》ではなく、ホテルスタッフの格好《かっこう》をしている。

「〈全人類《ぜんじんるい》ブルーデーモン化計画《かけいかく》〉の話《はなし》をしたら、ふたりともすっかり乗《の》り気《き》でさ。ふたつ返事《へんじ》で俺《おれ》たちの仲間《なかま》になってくれたよ」

「ウサギさんたち、あそこで一体《いったい》なにをしているの？」

美香《みか》ちゃんが眉間《みけん》に深《ふか》いしわをきざみながらたずねる。大《だい》ファンであるウサギさんが怪物《かいぶつ》の姿《すがた》になり、しかもぼくたちと敵対《てきたい》しているのだから、その心境《しんきょう》は複雑《ふくざつ》だろう。

「今日《きょう》は我々《われわれ》にとって記念《きねん》すべき日《ひ》となるからね。その一部始終《いちぶしじゅう》を記録《きろく》に残《のこ》してもらおうと思《おも》ってさ」

「残念《ざんねん》ながらあなたたちの計画《けいかく》は失敗《しっぱい》に終《お》わります」

ひろし君《くん》は爆音銃《ばくおんじゅう》の先《さき》をジョーさんに向《む》けた。

「むだだよ」

ジョーさんは鼻《はな》を鳴《な》らして笑《わら》った。

「山小屋《やまごや》を脱出《だっしゅつ》して、ここまでたどり着《つ》いたことはほめてやる。やっぱり君《きみ》たちはすごいよ。俺《おれ》は心底《しんそこ》、感心《かんしん》しているんだ」

「………」

「だけど、ここまでだね。銃《じゅう》から発《はっ》せられる爆音《ばくおん》はブルーデーモン化《か》しているときにしか聞《き》こえない。人間《にんげん》の姿《すがた》をした俺《おれ》には効《き》かないから」

ふたりの会話《かいわ》を気《き》にしながらも、ぼくは必死《ひっし》で花壇《かだん》をほり続《つづ》けた。だけど、なかなかブルースターは見《み》つからない。

「残《のこ》り一分《いっぷん》。もう君《きみ》たちにはなにもできないさ」

「本当《ほんとう》にそうでしょうか？」

ひろし君《くん》は銃口《じゅうこう》をジョーさんからホテルの屋根《やね》へとずらした。ねらう先《さき》には、ブルーデーモン化《か》したウサギさんとカメさんが立《た》っている。

「これで終《お》わりです」

そう口《くち》にして、ひろし君《くん》は引《ひ》き金《がね》を引《ひ》いた。

意識《いしき》を失《うしな》った二体《にたい》のブルーデーモンがその場《ば》にたおれこむ。雪《ゆき》が積《つ》もった屋根《やね》の上《うえ》を転《ころ》がり落《お》ち、そのまま五階《ごかい》の露天風呂《ろてんぶろ》へと落下《らっか》した。さらにお風呂《ふろ》の底《そこ》を破《やぶ》ってセントラルガーデンへと落《お》ちてくる。

怪物《かいぶつ》と共《とも》に、大量《たいりょう》のお湯《ゆ》が花壇《かだん》に降《ふ》り注《そそ》いだ。巨人《きょじん》の落下《らっか》により、温泉《おんせん》を運《はこ》ぶパイプが破裂《はれつ》したらしい。五階《ごかい》から勢《いきお》いよくお湯《ゆ》がふき出《だ》し、あたりは温《あたた》かな湯気《ゆげ》に包《つつ》まれた。

セントラルガーデンに積《つ》もった雪《ゆき》が一気《いっき》にとけていく。とけた雪《ゆき》の底《そこ》からたくさんのブルースターが姿《すがた》を現《あらわ》した。

「見《み》つけたぞ！」

たけし君《くん》がブルースターをつかんで歓喜《かんき》の声《こえ》をあげる。パラサイトバグは摂氏《せっし》二度《にど》以下《いか》の状態《じょうたい》でなければ羽化《うか》しない。もう大丈夫《だいじょうぶ》

だ。

ふき出《だ》した温泉《おんせん》はいつまでも勢《いきお》いを止《と》めなかった。お客《きゃく》さんたちは呆然《ぼうぜん》とした表情《ひょうじょう》でこちらをながめている。

「おい、しっかりしろ。いったん退却《たいきゃく》するぞ」

ジョーさんは二体《にたい》の怪物《かいぶつ》を重《おも》そうに引《ひ》きずり、ぼくたちの前《まえ》から逃《に》げ出《だ》した。いつの間《ま》にか音《おん》楽《がく》はやみ、ステージ上《じょう》からはリリーさんの姿《すがた》も消《き》えている。

「やったね！」

たけし君《くん》がガッツポーズを決《き》める。

ぼくたちは温《あたた》かなお湯《ゆ》を全身《ぜんしん》に浴《あ》びながら、今夜《こんや》の勝利《しょうり》を喜《よろこ》び合《あ》った。

＊

〈うらみスノーリゾート〉の騒動《そうどう》から一週間後《いっしゅうかんご》、〈まかふしぎぞーん〉の最新動画《さいしんどうが》が配信《はいしん》された。

それはカメラの前《まえ》で宇佐美義之《うさみよしゆき》が青《あお》い怪物《かいぶつ》に変身《へんしん》するという衝撃的《しょうげきてき》な内容《ないよう》で、動画《どうが》の再生回数《さいせいかいすう》はわずか数時間《すうじかん》で一億回《いちおくかい》をこえた。

『青鬼《あおおに》、サイコー！』

怪物《かいぶつ》は太《ふと》いうでを頭上《ずじょう》に上《あ》げ、野太《のぶと》い声《こえ》でそうさけんだ。

『みんなも青鬼《あおおに》になろうぜ！』

それまでただの都市伝説《としでんせつ》でしかなかったブルーデーモンは、この日《ひ》を境《さかい》にリアルな存在《そんざい》として社会《しゃかい》に浸透《しんとう》していくこととなる――。

ひろしによる

# なぞの解説《かいせつ》

## 61ページのなぞ

「にち」から「ど」まで曜日《ようび》の書《か》かれた木片《もくへん》を左図《ひだりず》のようにはめこめば、意味《いみ》の通《つう》じた文章《ぶんしょう》が完成《かんせい》します。「月曜日《げつようび》にチキンと雑炊《ぞうすい》とアボカドも食《く》う」……たけし君《くん》みたいな食《く》いしんぼうですね。食《た》べすぎでお腹《なか》をこわさないように気《き》をつけてください。

げつようびにちきん
とぞうすいとあぼか
どもくう

## 106ページのなぞ

上《うえ》のイラストにあてはまる言葉《ことば》は「はつゆき」、真《ま》ん中《なか》のイラストは「はつねつ」です。○＝「き」、△＝「つ」、□＝「ね」なので、右《みぎ》の「?」の中《なか》に入《はい》るイラストは「きつね」だとわかります。

初雪《はつゆき》も発熱《はつねつ》もキツネもすべて「こんこん」と表現《ひょうげん》できるというのは面白《おもしろ》い発見《はっけん》ですね。たけし君《くん》のイラストがうまいことにもちょっとおどろきました。

## 194ページのなぞ

左《ひだり》の図《ず》のように三本《さんぼん》の線《せん》を足《た》せば「マフラー」になります。

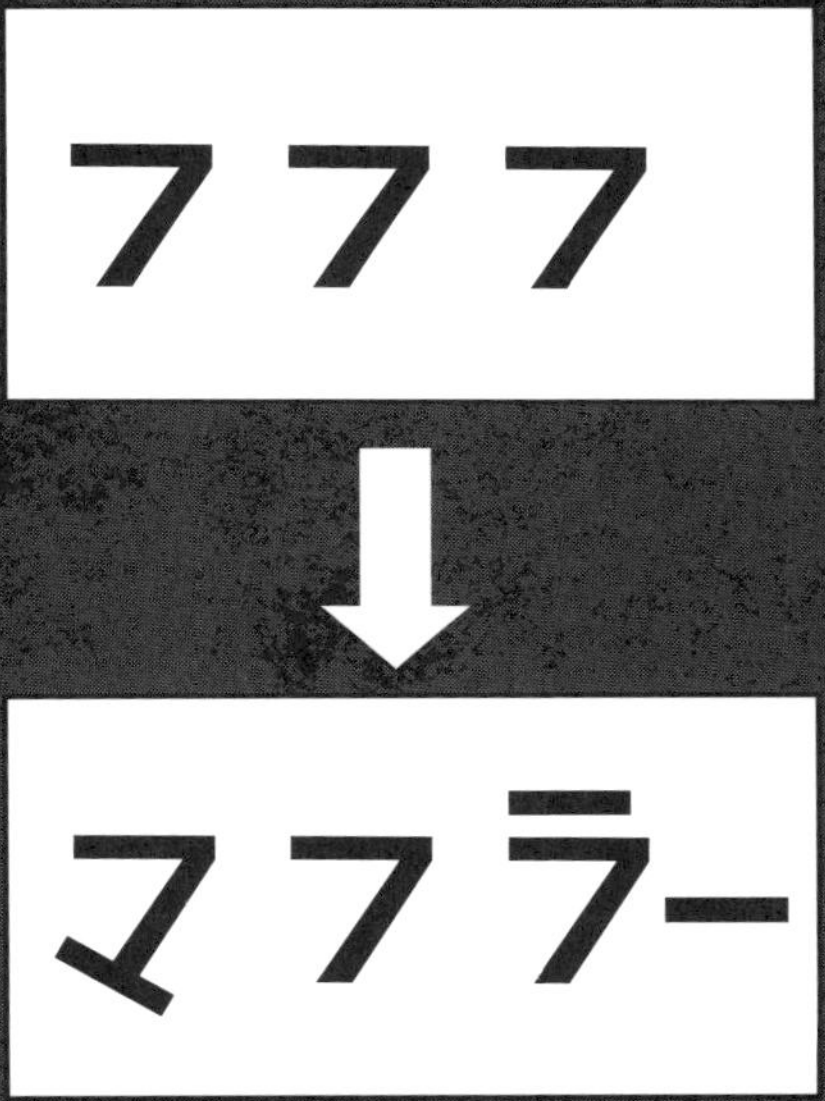


僕が巻いていた白いマフラーはイタリアに住《す》むおじいさまからいただいたもので、カシミヤヤギの下毛《かもう》からできています。はだざわりがよくてとても気持《きも》ちいいですよ。

**PHPジュニアノベル　の-1-15**

**●原作／noprops**（ノプロプス）
『青鬼』の原作者であるゲーム制作者。RPGツクールXPで制作されたゲーム『青鬼』は、予想できない展開、ユニークな謎解き、恐怖感をあおるBGMなどゲーム性の高さが話題となり、ネットを中心に爆発的な人気を博した。『青鬼』制作以降も、多数の謎解きゲームを手掛けており、精力的に活動している。

**●著／黒田研二**（くろだ・けんじ）
作家。2000年に執筆した『ウェディング・ドレス』で第16回メフィスト賞を受賞しデビュー。近年は『逆転裁判』『逆転検事』のコミカライズやノベライズ、『真かまいたちの夜　11人目の訪問者』のメインシナリオなどゲーム関連の仕事も多数手掛けているほか、漫画『青鬼　元始編』(KADOKAWA)では、構成も担当した。

**●イラスト／鈴羅木かりん**（すずらぎ・かりん）
漫画家。『青鬼　元始編』(KADOKAWA)、『ひぐらしのなく頃に』の「鬼隠し編」「罪滅し編」「祭囃し編」「賽殺し編」4編（スクウェア・エニックス）の作画を担当。現在は「ヤングアニマルZERO」で『モンスターの肉を食っていたら王位に就いた件』（白泉社）を、「月刊少年エース」で『異世界チート魔術師』(KADOKAWA)を連載中。

**●デザイン**
株式会社サンプラント
東郷猛

**●組版**
株式会社RUHIA

**●プロデュース**
小野くるみ（PHP研究所）

# 青鬼《あおおに》　迷《まよ》いの森《もり》とヒグラシのなく声《こえ》

2025年4月8日　第1版第1刷発行

原　作　noprops
著　者　黒田研二
イラスト　鈴羅木かりん
発行者　永田貴之
発行所　株式会社PHP研究所
東京本部　〒135-8137 江東区豊洲5-6-52
児童書出版部　TEL 03-3520-9635（編集）
普及部　TEL 03-3520-9630（販売）
京都本部　〒601-8411 京都市南区西九条北ノ内町11
PHP INTERFACE　https://www.php.co.jp/
印刷所・製本所　TOPPANクロレ株式会社


ISBN978-4-569-88211-6

NDC913　239P　18cm